KB180221

절대 희망

절대 희망

2024년 5월 28일 1판 1쇄 인쇄 / 2024년 6월 11일 1판 1쇄 발행

지은이 고희석 / 펴낸이 임은주
펴낸곳 도서출판 청동거울 / 출판등록 1998년 5월 14일 제406-2002-000128호
주소 (12284) 경기도 남양주시 다산지금로 202(현대 테라타워 DIMC) B동 317호
전화 031) 560-9810 / 팩스 031) 560-9811
전자우편 treefrog2003@hanmail.net / 네이버블로그 청동거울출판사

북디자인 서강
출력 우일프린테크 | 인쇄 하정문화사 | 제책 정성문화

책값은 뒤표지에 있습니다.
잘못 만들어진 책은 바꾸어 드립니다.
지은이와의 협의에 의해 인지를 붙이지 않습니다.

이 책의 본문은 친환경 재생용지를 사용해 제작했습니다.

Absolute Hope
Written by Ko Heeseok.

First published in Korea in 2024 by CheongDongKeoWool Publishing Co.
Printed in Korea.

ISBN 978-89-5749-236-9 (03810)

절대 희망

고희석 지음

이 책 속의 이야기들은 대부분 지난 30년 동안 사회복지기관에서 일하면서 쓴 나의 일기였다. 어떤 사건으로부터 감동을 받았을 때 써놓은 것들인데 몇 년 전부터 이들을 정리해서 조금씩 SNS에 올렸다. 거창한 업적도 아닌 소소한 일상의 기록일 뿐이지만 사람들은 이런 이야기라면 책으로 내도 좋겠다고 말했다. 나도 같은 생각이어서 이런 세상이 있음을 더 많은 사람들이 아는 것도 좋겠다고 생각했다.

사람에게는 자신에게 가장 소중한 고갱이가 되는 경험이 있다. 그런 자기만의 경험을 사람들이 공유하면 보다 좋은 세상이 만들어지리라고 생각한다. 보잘 것 없는 사람이 책을 내려 하니 부끄럽기 짝이 없지만, 이것이 이 졸고를 책으로 엮은 이유다.

나는 슈바이처 박사의 삶을 본받고 싶어서 서른두 살에 물리치료사가 되었다. 그것은 그리스도의 정신을 실천하는 길이었고 또한 사회복지의 길이었다. 장애인, 극빈층 등등 세상의 소위 '약자'들을 위해 치료 활동을 했다. 당시엔(1991년) '사회복지'라는 말을 몰라서 '의료선교'라고만 생각했는데 알고 보니 그 일은 사회복지였다. 힘든 일도 많았지만 하고 싶은 일을 하며 산다는 생각에 스스로를 축복 받은 사람이라고 얼마나 되뇌며 살았는지 모른다.

이 책은 대부분 공동체 장애인들과의 이야기다. 그들에게 책으로 내도 좋다는 허락을 받았고, 그들의 뜻에 따라 이름을 생략하거나 가명을 사용했다. 독자들은 이 책을 읽으면서 내가 만난 장애인들이 지니는 저마다의 희망의 방식에 대해 알게 될 것이다. 그 희망들은 일상의 사소한 희망부터 시작해서 기대할 수 없는 것조차 기대하게 하는 절대 희망까지 다양하다.

또한 '욕심이 없으면 근심도 없다'는 단순하고도 어려운 행복의 원리가 자연스럽게 발현되는 지적장애인들의 세계를 이 책을 통해 경험해 보길 바란다. 아마도 그러면 우리는 보다 근원적인 인간의 가치를 느끼게 될 것이며, 이를 통해 자신의 참모습에 좀 더 다가가는 계기가 되지 않을까 생각한다.

이 책이 있기까지 도움을 주신 모든 분들께 고개 숙여 감사드리며 첫 글을 맺는다.

2024년 1월에

글쓴이

| 차례 |

2부 / 장애인 물리치료실의 희망 이야기

3부 / 장애인 공동체의 희망 이야기

4부 / 못 다한 희망 이야기

제1부

장애인과 나누는 희망이야기

"사람을 살아가게 하는 힘은 어디에서 나올까?
뿐만 아니라 절망에 빠진 사람조차 살게 하는 힘은 도대체 어디에서 나올까?
혹시라도 그 대답을 찾을 수 있을까 하여……"

노을빛 엽서

거동이 불편한 형님 두 분을 모시고 나들이를 다녀왔다. 칠순이 넘으신 큰형님은 중풍으로 한쪽 팔다리를 못 쓴다. 작은형님은 뇌성마비로 보행이 불편한 데다 목 디스크와 허리 디스크까지 앓고 있다. 우리 셋은 나들이 동무다. 장애인 시설의 직원과 입소자라는 공적인 관계를 떠나서 가슴 흐뭇한 삶의 동지가 되기로 했다. 이번이 세 번째 나들이로 지난번 홍천강 변에서 조개구이를 해먹으면서 다음 모임을 약속했는데 넉 달 만에 시간을 냈다.

오늘은 토요일이다. 나들이 장소는 홍천의 팔봉산 유원지로 정했다. 단풍이 엽서를 날리는 이맘때 주말은 나들이 차량이 많아 대로로 가면 큰 고생이라 이를 피해서 찾은 곳이 팔봉산이다. 유유한 북한강을 어깨 너머로 바라보며 청평댐을 지나 산과 들판을 끼고 도는 홍천의 논두렁 밭두렁 길이야말로 이런 가을날 최적의 코스다.

홍천 입구에 들어서니 오백 년 느티나무가 장군처럼 서 있고 그 자손인 듯한 느티나무들이 길가에 즐비하다. 유명한 홍천 옥수수는 이미 열매를 남김없이 공양한 채 옹기종기 쉬고 있고 아직 갈 길 먼 단풍들만 부지런히 옷고름을 다지고 있다. 푸른 하늘빛을 제 안에 담은 홍천강은 산의 녹색과 단풍색으로 절묘하게 채색되어 무지개처럼 나그네의 눈길을 사로잡는다.

형님들은 처음 보는 팔봉산에 감탄한다. 큰형님은 산봉우리 여덟 개를 일일이 세더니 팔봉산이 맞구먼 하신다. 위로는 낙타 같은 등성이들이 신선 되고 싶은 사람만 올라오라 손짓하고 아래로는 강물이 산을 휘어 감고 도니 여기야말로 천연의 도량지다. 강둑을 따라서 벚나무들이 특유의 노을빛 단풍을 뽐내고 있다.

쨍한 햇살을 피해 노을빛 그늘 아래에서 뒷짐을 지고 산을 바라보는 세 사람의 눈 속으로 단풍잎들이 막무가내로 엽서를 보낸다. 한 잎 엽서를 읽어 보고 먼 추억에 잠기는 형님들.

새엄마가 무서워 스물아홉 살에 집에서 뛰쳐나와 장애인 시설로 들어왔다는 작은형님. 물리치료사인 나에게 치료를 받으며 잔잔하게 들려주었던 그 이야기. 자기는 그 여자가 싫어서 방황했던 과거가 있다고, 싫은 정도가 아니라 원수였다고, 어느 정도였는고 하니 새엄마가 휘두른 칼을 피하다가 손을 찔려 아홉 바늘을 꿰맸다고 한다. 그러고는 무서워 1986년 당시 갈매동에 있던 지금의 재활원에 찾아와 같이 살게 해달라고 했단다. 이미 오래전 일이라고, 감사하게도 그 덕에 자신이 이 좋은 곳에 살게 되었다고 담담한 웃음으로 말한다.

큰형님 역시 머리칼만큼이나 희어진 사연 아름아름 헤쳐 왔으니, 도도히 흐르는 강물을 바라보다가 기어코 왕년을 꺼낸다. 열여덟 살에 덕소에서 수영해서 강을 건넜다고. 놀라는 나를 바라보며 내친 김에 한 말씀 더.

"강릉에서는 섬까지 수영해서 갔다가 온 적도 있었어."

섬까지? 갯바위쯤 되겠지. 형님은 혀가 굳어서 생각과는 다른 발음이 나오는 통에 섬이란 단어를 점이라 잘못 말하거나 덕소를 적도로 말한다. 본인도 답답해서 알아들을 때까지 연신 다시 말한다.

"넷이 갔는데 나랑 친구 하나는 수영해서 돌아오고 둘은 힘이 딸려 구조배 타고 돌아왔어."

어! 이 정도면 갯바위가 아니다. 와하! 지팡이를 짚고 절뚝거리는 모습 뒤로 누구보다 더한 기운참이 있었구나! 노년은 그 자체로 존중 받을 자격이 있다더니.

두 분의 이야기가 한 편의 라이브 수필이다. 오늘 그렇게 수필따라 우정도 엮였다. 수필로 서로를 엮어가는 인생이라면 살 만 하겠다. 이것이 사는 맛이다. 큰 영화를 누려야만 잘 사는 게 아니다.

팔봉산처럼 봉우리들이 벗인 양 나란히 여덟 개나 늘어선 산이 어디 또 있을까? 솟구치던 용암이 식으며 빚어 놓은 조각품을 보노라니 우리 또한 조물주가 빚은 조각품이요, 하면 아름다운 세 개의 봉우리로 조각해 나가야겠다는 생각이 들었다. 그래서,

"우리 모임 이름을 삼봉산이라고 하면 어떨까요?" 했더니 거 기막힌 생각이라고 하신다. 조각을 잘해야 되는데 와장창 깨지면 어떡하죠? 하자 허허 낄낄 웃는다.

두 분 형님은 이미 훌륭한 조각품이리라. 두 분의 먼 추억 뒤로 계절의 아픔을 이겨낸 엽서들이 노을빛을 뽐내고 있다.

(2017)

악보 마라톤

가을 들판이 온통 색 자랑이다. 희고 노랑을 뽐내느라 국화는 들판에 넓고, 질세라 단풍잎들은 산마다 높다. 동네 촌장 같은 축령산이 평온하게 수동골을 내려다본다. 나는 중풍으로 몸이 불편한 형님 한 분을 태우고 휠체어를 미는 중이다. 색색이 너무나 이뻐 우리 둘은 신이 났다. 햇살 따사롭고 바람 잔잔해 들판의 황금 물결이 춤추기를 멈춘, 걷기에 딱 좋은 오후다.

길가에 뒹구는 플라타너스 낙엽들이 볼품이 없어, 저리 못생긴 낙엽도 다 있네, 하니 옆 사람이, 여름내 먼지 빨아들이느라 추해진 거요, 한다. 아 그런가? 그럼 저것도 딴엔 예쁜 거네, 하니 와하하 모두들 웃어난다. 그러자 누군가가 옆 사람에게 말한다. 그렇군, 니 못생긴 것도 좋은 일 하느라 그리 되었구나, 와하하하!

그렇다. 둘이만 걷는 게 아니다. 백 명 넘는 사람들이 '장애인과 함께 하는 마라톤 대회'에 참가하여 걷는 중이다. 장애인에게 마라톤이 웬 말이냐고 할지도 모르지만 실은 장애인과 비장애인이 몇 씩 짝을 이뤄 3km 정도 걷는 행사다. 도착순으로 상을 주는 게 아니고 감동순으로 상을 준다.

이 대회는 '신망애 교회'(남양주시 소재)에서 해마다 가을에 개최하는데 장애인 반, 봉사자 반이다. 단풍을 만끽하는 길로 가면서 도중에 이벤트 코너가 서넛 있어 재미를 더한다.

나는 지팡이를 짚고 서 있는 웅 아저씨에게 다가가 같이 참가하자고 했다. 그는 올해도 남들의 마라톤을 지켜만 봐야 할 터였다. 편마비라서 지팡이를 짚고 다녀오기에는 너무 멀기 때문이다. 그는 나의 제안에 깜짝 놀라면서,

"나는 모~옷 걷는다 카이! 내가 어떻게 마라톤을 하는교?"

하며 정색을 한다.

휠체어를 타고 가면 되니 그건 걱정 마시고, 가면서 노래나 실컷 부르자 하니 노래라는 말에 갑자기 안색이 환해지더니,

"조~오치!"

하며 선뜻 응한다.

워낙 노래를 좋아하는 그다. 노래마다 가사는 물론이고 그 가수의 삶까지 꿰뚫고 있다. 나도 노래를 좋아해서 별명이 '도레미'인지라 우리는 평소에 노랫발이 쭉쭉 맞는다. 그런 사람이어서 노래나 부르며 다녀오자는 내 청을 마다할 리 없다.

"출발!"

삼삼오오 일제히 운동장을 떠났다. 사이로 휠체어가 몇 대 보인다. 길은 처음부터 내리막이다. 나는 지그재그로 휠체어를 움직이며 속도를 조절한다. 이윽고 정문을 나서는데 그가,

"걸어서 정문을 나가는 게 처음이야."

라고 말한다.

농담처럼 들려서 되물어보니 진담이다. 놀랍고 믿기지 않았지만 정문까지는 100m 정도 내리막길이니 딴엔 그럴 법도 하겠다. 나는 그만 헛헛한 웃음이 나왔다.

'늘 차로만 여길 지났겠구나. 나는 날마다 걷는 길인데. 그러고 보니 장애란 당연히 누려야 할 일상을 잃어버리는 일이구나. 그리고 오늘 행사는 그 일상을 돌려주는 일이구나!'

이웃고 마을길이다. 변화무쌍한 세월에도 그저 덤덤하기만 한 시골집들을 지나니 작은 밭들이 나온다. 난데없이 날아든 고추잠자리 떼에 하늘이 아우성이다. 청명한 하늘 아래 아이들은 덤벙덤벙, 몸 불편한 어른들은 손에 손을 잡고 길을 걷는다.

가을이라 노래도 잘 나왔다. 말없이 건네주고 달아난 〈편지〉를 부르고 〈목장길 따라〉 밤길 거니는 노래 등등을 둘이서 마구 불렀다. 주변에 노래 좋아하는 몇이 가세하니 마라톤 길이 아니라 노래자랑 길이 되고 말았다. 구불구불 오르락내리락 길은 기다란 악보길이었다. 그 길에 오선을 긋고 노래를 그려냈다. 사공의 뱃노래요, 쨍하고 해뜰 날을, 〈가고파〉, 〈알로하오에〉 등등 성큼성큼 그려냈다. 한복 입은 코스모스도 노래가 좋은지 살살이 춤을 춘다.

'코스모스 한들한들 피어 있는 길' ♬

중간에 가사가 틀리자 그는 핀잔을 잊지 않는다.

"헤헤헤, 거긴 그 가사가 아입니더."

삼천포 태생인 그의 구수한 경상도 사투리에 가을 들판이 웃고 코스모스 허리춤에 나도 그만 웃는다. 노래를 그린다. 잠자리 날개 편 하늘 따라 높은음자리표를 그리고 알곡 누런 들판 따라 낮은음자리표를 그린다. 3km 길이의 악보를 본 적이 있는가? 난 본 적이 없다. 오늘 그 악보를 그렸다. 오르막길에서 한동안 끊어지기는 하였지만.

인생의 마라톤이 오늘만 같다면 좋겠다. 지그재그 코스도 있고 오르내리막 코스도 있겠지만 어찌됐든 오늘처럼 손을 잡고 달리는 마라톤이면 좋겠다. 앞만 볼 것이 아니라 뒤도 쳐다보면서, 필요하면 휠체어도 밀어주고 휠체어를 타더라도 행복을 노래하는 악보 마라톤 같은 것이라면 더 바랄 게 없겠다. 종착역이 감동상 감이라면 더욱 좋겠지만 굳이 상을 타지 않으면 어떠리.

느릿느릿 마라톤을 마치고 꼴찌쯤으로 도착하니 운동장에 삼삼오오 감동의 여운이 소담하다. 나무 아래 쉬려니 그는 오늘 참 좋았다 하면서 덧붙이기를,

"이렇게 걸어서 동네를 산책한 적이 없었어."

하고 말했다. 이 말을 들으니 또 가슴이 뜨끔하다. 그렇겠지 그래, 또 하나의 일상을 찾은 것. 오늘 많은 사람이 일상을 찾았으리라. 악보 마라톤이 아니더라도 모두들 나름의 마라톤을 그려냈으리라. 운동장 주위 가득한 새붉은 단풍이 오늘따라 더욱 예뻐 보인다.

(2009)

발가락 고수와 컴퓨터

컴퓨터가 20대나 후원 들어왔다. 본체에 APEC 정상회담이라고 인자된 걸로 보아 몇 년 전 부산에서 열렸던 정상회담에서 사용했던 것들로 보인다. 마침 장애인 시설 평가를 앞두고 컴퓨터가 많이 필요했는데 이렇게 후원을 해주니 얼마나 고마운지 모르겠다.

나는 물리치료사지만 〈웹디자인 기능사〉 자격증이 있어서 오전에는 물리치료 업무, 오후에는 시설 홈페이지를 제작 · 관리하는 정보지원팀 업무를 수행하고 있는데, 우리 장애인들에게 이번에 후원받은 컴퓨터를 나누어주는 일을 책임지게 되었다. 원하는 분들이 여럿 있어 나누어 드렸다. 10명 정도 되었는데 생전 처음 컴퓨터를 만져보는 분들이다. 누군가의 후원이 누군가의 일생을 바꿀 수도 있는 순간이다. 인터넷을 설치해드리고 사용법도 가르쳐 드리기로 했다.

그러던 어느 날이었다. 운동장을 가로질러 가던 나에게 전동휠체어를 탄 여성 한 분이 쓰윽 다가오더니 자기에겐 왜 컴퓨터 안 주냐고 묻는다. 좀 화가 나신 것 같다. 뜻밖의 이야기에 깜짝 놀랐다. 며칠 전에 안 쓰겠다고 나한테 분명히 얘기했기 때문이다. 그런데 왜 화를 낼까? 심성이 바른 분이라 이유가 있을 것이다. 아마 전달에 문제가 있었나 보다. 한 번 더 물어볼걸. 아무도 서운함 없게 했어야 했는데. 사과와 함께 설명을 애면글면 해드리니 고개를 끄덕인다. 덧붙여 몇 달 전 이야기도 해드렸다.

"발로 글자판을 두드릴 수 있을 테니 컴퓨터를 써보시는 게 어떨까요? 다른 사람들 보세요. 발이나 이마로 얼마나 잘해요?"

그때는 별로 관심이 없어 보였다.

아무튼 그녀가 컴퓨터 사용 의지를 가지게 되어 기뻤다. 마침 국장님이 지나가시기에 컴퓨터 한 대 드리자고 말씀드렸더니 쾌히 승낙해 주셨다. 그러자 그녀가 묻는다.

"근데, 헌 걸로 줄 거예요, 새 걸로 줄 거예요?"

아이 같은 그 말에 웃음이 나왔다. 국장님이 새 걸로 드리겠다고 하셔서 내가 '뭘 새 걸 줘요, 헌 걸 주지' 하고 장난 섞인 말을 했더니 대뜸 그녀가 나를 발로 차려 한다. 하하, 함께 지낸 지 5년, 웃고 울며 친해진 우리다. 발 맵시를 피해 도망가니 휠체어를 타고 씽씽 쫓아온다.

그녀는 발가락으로 전동휠체어를 운전한다. 발판에 운전 손잡이가 달려 있다. 그런데도 운전 솜씨가 예사롭지 않다. 운전뿐 아니라 모든 일상생활을 발로 처리한다. 그녀의 요리는 신비하다. 계란 프라이를 하는데 발가락이 붕붕 날아 요리하는 모습을 보면 강호의 고수가 납신 듯하고 그 요리를 먹을라치면 신선이 빚은 음식을 먹는 듯하다. 그녀가 타 준 커피는 최고의 맛이었다. 이런 걸 다 먹어보다니 우리는 축복의 사람이라고 몇 번이나 되뇌었던가!

그녀의 발가락 자수는 벽에 걸어놓아도 좋을 일품이다. 오밀조밀 수를 뜨기까지 얼마나 피나는 노력을 했을까? TV 방송까지 탔으니 말 다했다. 나의 지인 한 분이 방송을 보고는 그분 잘 계시냐고 안부를 묻는 일도 있었다.

그러니 그 발가락으로 휠체어는 또 얼마나 잘 운전할지 알 만하다. 나는 그녀의 추적을 겨우겨우 피해 간다. 운동장 한가운데서

두 사람이 뛴다. 요리조리 잘도 뛴다. 유월의 햇살도 두 사람을 따르느라 덩달아 바쁘다. 결국 붙잡혀 한 대 맞고선 아프다 엄살을 피우자 둘이 한바탕 웃어진다.

마침 여러 전동휠체어 이용인들이 운동장에 있었는데 이 모습에 웃고 난리가 났다. 얼씨구 무슨 일이야? 다들 주위로 모여든다. 이분들은 손을 못 쓰는데도 컴퓨터를 잘 다룬다. 이마에 장착한 스틱이나 발가락으로 키보드를 친다. 그 솜씨로 검정고시도 붙었고『휠체어에 앉아 바라본 세상』이라는 공동 시집까지 냈으니 말 다했다. 이 공동체에서 수십 년간 지내면서 다진 우정이 바다만큼 깊은 사이들이다. 다시 장난기가 발동한 나는 모인 사람들 들으라고 짐짓 농담을 했다.

"마침 여기 휠체어 연합회(?)가 모였으니 투표를 해서 컴을 줄지 물어볼까요?"

나의 이 제안에 불굴의 고수들이 투표를 하겠다고 얼씨구 모였다. 가만히 사람들을 노려보는 그녀의 모습이 아무라도 반대하면 혼내줄 기세다. 찬성이 우르르 나오자 뒤에서 휠체어에 앉아 가만히 웃고 있던 한 분이 느릿느릿 장난기 섞인 목소리로,

"나는 반대!" 라고 짐짓 외쳤다.

그러자 그 목소리 앞으로 금메달리스트의 발차기가 배달되었다. 그녀는 전국 장애인체전 '발로 정확히 던지기' 종목 금메달리스트인 것이다. 그것도 몇 년째! 발등까지 쭉 뻗는 맵시가 날래다. 물론

진짜 때리는 건 아니다. 장난인지 다 안다. 그러자 '알았어, 찬성' 하며 마무리되고 사방에서 웃음이 폭발한다. 그제야 안심했는지 그녀도 한바탕 웃는다.

불굴의 발가락 고수는 이제 컴퓨터까지 정복할 것임에 분명하다. 그러면 또 하나의 인생을 선물 받겠지. 아니 컴퓨터가 아니어도 이미 노력으로 만들어낸 멋진 인생을 살고 있다. 어느덧 함께 달리던 해는 멀리 서산에 기울고 선선한 저녁 바람이 선물처럼 고맙다.

(2008)

수동휠체어

의지란 마른 짚단같이 연약하면서도 강철처럼 굳세서 평생을 무언가와 맞붙어 싸우게 한다. 최근 이러한 한 판 싸움을 접하고 도저히 소개하지 않을 수 없어 펜을 든다.

그녀는 40대 초반에 갑자기 의식을 잃고 쓰러졌다. 뇌졸중(腦卒中)이 온 것이다. 중환자실에서 한 달간 의식을 잃고 생사를 헤매다가 의식이 돌아왔다. 그런데 팔다리가 마비되어 움직일 수가 없었다. 몇 달 동안 물리치료를 받고 팔은 마비가 풀렸는데 다리는 여전히 마비가 돌아오지 않아 걸을 수가 없었다.

몇 달 뒤 의사가 회진 와서 청천벽력 같은 소리를 한다. 평생 못 걸을 테니 이제부터 수동휠체어를 타야 한다는 것이다. 휠체어 이용인을 볼 때마다 설마 내가 저렇게 되지는 않겠지 생각했는데 이게 무슨 말인가? 절실한 환자에게 의사의 한마디는 천둥 같은 선언이어서 그녀는 하늘이 무너지는 심정이었다. 그녀는 의사에게 통사정을 하였다.

"의사 선생님, 제발 그 말만은 하지 말아 주세요. 걸을 수 없다니요, 휠체어를 타라니요? 제발 걷게 해주세요."

돌아서려는 의사의 바짓가랑이를 붙잡고 막무가내로 간청을 하였지만 한 번 선언된 판결(?)은 번복되지 않았다. 병실을 나가는 의사에게 자신은 절대 휠체어를 타지 않겠다고 소리를 지르며 엉엉 울었다. 의사의 휠체어 처방식은 이렇게 그녀의 휠체어 거부식으로 끝나 버렸다.

휠체어 타기가 죽기보다 싫었다. 쳐다보기도 싫었다. 지금 저걸 타면 다시는 걷지 못할 거라 생각했다. 재활치료를 받으러 갈 때나 화장실에 갈 때도 타지 않았다. 그 덕에 가족들은 그녀의 양 어깨를 부축하며 다녀야 했다. 퇴원을 해서도 기어 다닐지언정 휠체어를 타지 않았다. 통원치료를 하러 갈 때면 그녀를 부축하느라 가족들은 홍역을 치렀다.

1년 뒤 몸에 작은 변화가 일어났다. 벽에 손을 붙이고 혼자 일어설 수 있게 된 것이다. 앉아서만 생활하던 그녀에게는 놀라운 변화였다. 하지만 그뿐이었다. 옆으로 발을 옮기고 싶은데 발이 움직이지 않았다. 그녀는 생각했다.

'이 발은 대체 누구 발이야? 내 발을 왜 내 맘대로 못해? 그럴 순

없어. 움직여야 해, 조금이라도 움직여야 해.'

필사적으로 발을 옆으로 보냈다. 온몸으로 발을 밀어냈다는 표현이 더 정확하겠다. 그러다가 주저앉으면 다시 일어서서 발 밀어내기를 반복했다. 한 발이 두 발 되고 두 발이 세 발 되었다. 그러자 새로운 마음이 생겼다.

'이 방을 정복하리라.'

좁은 사각의 방을 한 걸음 한 걸음 돌았다. 주저앉으면 다시 일어서서 한 발치라도 더 나아갔다. 한 달이 채 되지 않아 방을 정복했다. 처음이 어렵지 일단 발을 떼고 나니 급속히 운동능력이 향상되었다. 아직은 방을 가로지르지 못하고 벽에 기대어야 걸어지지만 그래도 이게 어딘가? 자신감이 생겼다.

'이제는 길에 나설 차례다.'

방에서도 했는데 길에서라고 못 할 것 없지 않은가? 길이라는 존재는 누군가에게는 일상의 평범한 장소겠지만 누군가에게는 꿈에라도 정복하고 싶은 장소다.

'길에서 걸어 다닐 수 있다면, 남의 도움도 필요 없고 휠체어도 필요 없이 다닐 수 있다면 얼마나 좋을까? 그렇게 해야 한다. 하고야 만다.'

드디어 길에 나섰다. 낮에는 거의 혼자 집에 있으니 누가 거들 이도 없었다. 방에서처럼 두 손을 담에 대고 엉금엉금 걸었다. 오늘은 이 골목까지. 내일은 한 골목 더 가야지. 걷다 넘어지다, 벽에 달라

붙어 옆걸음을 하다가 벽이 없는 곳에서는 기어서 다음 벽까지 갔다. 가다가 철길을 만났다. 몇 날을 주저했지만 결국 기어서 건넜다. 걷다 기다를 되풀이하다 보니 옷이 헤지고 무릎에 피가 났다.

교문리(경기도 구리시 소재) 철길 동네 사람들은 그녀를 잘 알고 있었다. 그곳에서 그녀는 성공적으로 미장원을 운영했었다. '에구, 저를 어째!' 하며 사람들이 자신을 알아본다. 기어 가다 보면 옆으로 지나던 차들이 놀라서 멈춰 선다. 창피했다. 하지만 창피한 건 문제가 아니다. 걸어야 한다, 어떻게 해서든!

이렇게 하기를 1년 이상, 드디어 그녀는 벽이 없는 곳에서도 걸을 수 있게 되었다. 두 팔을 벌리면 중심이 잡히면서 발을 떼도 넘어지지 않았다. 당연히 정상보행은 아니다. 발을 내딛을 때는 허리부터 무릎까지 함께 중심이동을 하여 뒤뚱 걸음 모양이다.

아직은 자꾸 주저앉고 누가 툭 건들면 넘어질 태세지만 기대지 않고도 걸을 수 있다니 너무 기뻤다. 벽이 없는 곳에서 기어 가는 창피를 더는 겪지 않아도 된다. 비록 뒤뚱 걸음이지만 혼자 걷는다는 기쁨이 너무 컸다. 그간 외출할 때마다 가족들의 고충이 너무 커서 미안했는데 조금만 더 연습하면 혼자서 어디든 갈 수 있을 것이다.

하지만 거기까지였다. 이 걸음으로 어디든 맘대로 가기에는 어려움이 너무 많았다. 팔을 벌려 걷다 보니 남과의 작은 접촉에도 넘어졌다. 일반 보행보다 속도가 절반도 나지 않아 걸어서는 가족들과 외출할 수도 없었다. 그렇다고 휠체어를 타고 싶지는 않아 그럴 바에는 그냥 집에 있겠다고 하였다.

수년간 집에서만 지내다 보니 가택연금이나 다름없는 생활이 싫어졌다. 자신도 가족도 지쳐 가고 있었다. 마침 그때 라디오를 통해 알게 된 존경하는 목사님이 장애인 생활시설을 운영한다는 사실을 알게 되었고, 1999년 4월 그녀는 그 시설로 입소했다(남양주 소재 〈신망애재활원〉).

입소한 후로 낮에는 시설에서 소개해준 〈유진 산업〉이라는 일터에서 일을 하고 오후 5시에 퇴근하면 시설 운동장에서 걷는 연습을 했다. 저녁이면 허리가 아프고 힘이 없어 몇 걸음 걸으면 쉬어야 했다. 걷기가 너무 힘들면 남의 휠체어를 밀면서 걸었다. 하지만 그 휠체어에 앉지는 않았다.

이렇듯 장애인 공동체에 있으면서도 휠체어에 대한 거부감은 여전했다. 휠체어를 구입하는 게 어렵지 않았음에도 장만하지 않았다. 단체 외출로 인해 휠체어를 꼭 타야 할 때는 남의 것을 빌렸다. 그녀에게 휠체어란 싸워 이겨야 하는 존재였다.

이는 오로지 자신의 힘으로 걷기 위해서였다. 휠체어를 한 번 타면 걷지 못하게 되고 계속 휠체어에 의존할 수밖에 없다고 생각했다. 어스름이 깔린 운동장에는 그녀의 운동 모습이 풍경처럼 매일 비쳤고 그렇게 걸음마 수준의 걸음으로 휠체어 없이 15년을 더 보냈다.

이 글을 쓰기 두어 달 전이었다. 하루는 그녀가 물리치료사인 내게 묻는다. 휠체어를 장만할까 하는데 어떻겠느냐고. 나는 깜짝 놀랐다. 심경에 큰 변화가 생긴 게 분명했다. 얘기를 들어보니 그것은 최근 1년 사이에 그녀에게 벌어진 일들과 관련이 있었다.

그녀는 근로활동을 꽤 오래 했는데 정년퇴직을 하면서 토요일에나 받던 물리치료를 날마다 받게 되었다. 나는 온열치료와 저주파 치료, 마비된 다리에 스트레칭, 교정 운동을 해드렸다. 본인은 본인대로 하루 1000번씩 자전거를 돌리는 등 온몸에 땀이 나게 운동했다.

그렇게 1년을 했더니 심했던 요통이 사라졌다. 전혀 아프지 않았다. 또한 다리 힘이 좋아져서 걷기가 훨씬 수월해졌다. 비록 두 팔을 벌리는 아장 걸음이지만 어디까지고 걸을 수 있었다. 전에는 몇 걸음만 걸어도 허리가 아프고 다리에 힘이 빠져 못 걸었는데 이제는 그렇지 않았다. 걸음이 이렇게 가벼울 수가!

드디어 걷는 데 자신이 생겼다. 이제는 운동장을 쉬지 않고 몇 바퀴씩 돌 수 있다. 그토록 원했던 일이다. 그러자 의식에 변화가 일어났다.

'나는 휠체어를 이겼다! 저까짓 거 없어도 잘 걷는다.'

휠체어 의존감이 사라지면서 신기하게도 휠체어에 대한 거부감도 사라져 버렸다. 휠체어는 무겁게 짓누르던 치료용품이 아니라 생활에 필요한 잡동사니일 뿐이었다. 여럿이 외출을 나갈 때 남의 휠체어를 빌리는 일이 늘 미안했는데 이제는 하나 장만해야겠다는 생각이 들었다. 그래서 나에게 물어보러 온 것이다.

그녀의 긴 이야기를 들으며 한 인간의 승리를 보았다. 비난을 받아가면서도 거부했던 언어, 차라리 기어서라도 거부했던 언어, 수동휠체어. 그녀는 휠체어를 이겼다. 그것이 무엇이기에 이토록 한 평생을 싸우게 했을까?

수동휠체어란 누군가에겐 쉬이 받아들여질 물건이다. 생활의 필수품으로, 혹은 일시적인 재활도구로. 하지만 어떤 이에게는 그렇지 않을 수도 있다. 충격적인 질환으로 팔다리가 마비된 사람만이 느끼게 되는 두렵고 보기 싫은 존재인 것이다.

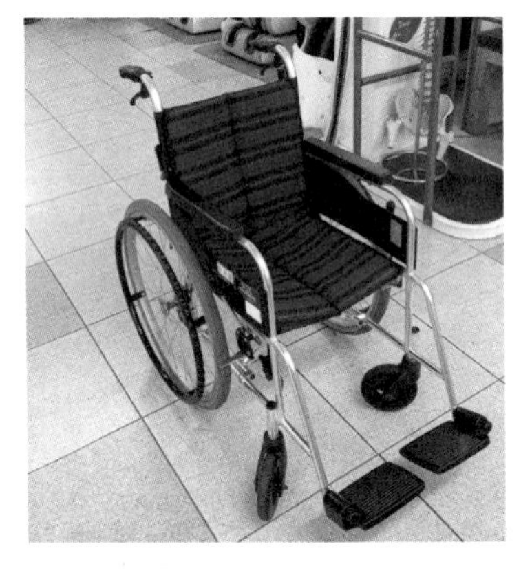

그녀의 심경 변화를 듣고 나는 무척 놀랐고 한편으론 반가웠다. 게다가 여기에 내가 자그마한 기여를 했다니 참 좋았다. 어쩌면 이 변화가 그녀에게 인생의 전환점이 되는 순간이 아닐까 생각했다. 사람이 무언가에 강박을 가진다는 것은 생을 더 좁고 빈약하게 만들지 않는가?

앞으로는 그녀의 인생이 왠지 더 풍요로워질 것 같다. 그녀에게 휠체어는 대못 같은 존재였지만 이제 그 못이 뽑혔으니 그만큼 여유와 풍요가 기다리지 않을까?

정부에서 지체장애인에게 휠체어 구입 비용을 지원하는 제도가 있어서 이에 필요한 '보장구 처방전'을 받기 위해 우리는 함께 병원에 갔다. 그녀가 20년 전 의사의 바짓가랑이를 붙잡고 눈물로 거부했던 바로 그것을 요청하려고!

처방전을 받은 후 그녀를 모시고 청평 호반에 있는 찻집에 가서 차 한 잔 선물했다. 훌륭한 여인에게 나는 존경의 축배를 올렸고 그녀는 나에게 감사의 잔을 올렸다. 이야기 중에 '하나님은 좋은 분이예요' 하는 그녀의 가슴 깊은 말도 빠뜨릴 수 없다. 절망의 주인공에게서 나오는 초월의 언어이기 때문이다. 우리는 승리의 잔을 마주치며 비 내리는 호수를 바라보았다. 가벼운 햇살을 안고 보슬비가 조금 오는데 환희에 찬 은빛 눈물들이 수없이 찰랑대고 있었다.

(2015)

절대 희망

결코 가볍지 않은 발걸음이 우리를 재촉하였다. 물리치료사인 나와 동료 사회복지사는 시설 입소를 원하는 한 장애인의 집을 주소 하나만 들고 물어물어 찾아갔다. 산기슭 위로 나무들이 질긴 추위에 앙상한 뼈대만 남아 어느 장애인처럼 자신의 아픔을 온 팔로 호소하고 있었다.

우리가 찾은 집은 마을이 끝나는 막다른 산기슭에 지붕을 검은 천으로 덮은 비닐하우스였다. 입구에 전동휠체어가 한 대 보였다. 문을 열고 들어서니 5평 남짓한 방에는 세간들이 제멋대로 쌓여 모진 세월에 힘들어하는 듯했다. 작은 무릎책상 하나가 있고 그 앞으로 자그마한 여자 분이 일어나지도 못하고 누운 채로 인사를 하는데, 팔다리 움직임이 부자연스러웠다. 뇌성마비였다.

고령의 어머님은 힘에 부쳐 따님을 장애인 생활시설에 맡기고 싶어 하셨고 따님의 의견도 같았다. 덩그러니 버려진 외딴집에서 세상으로부터 외면당한 이야기가 흘러나왔다. 두 사람이 우는 모습을 보면서 하늘이 미워지고 사람이 미워졌다.

다음 날 그녀를 모시고 우리 시설로 왔다. 어머님은 지친 몸을 이끌고 이따금 다녀가셨다. 그리고 1년쯤 뒤 하늘나라로 가셨다. 자식을 안전하게 맡겼다는 안도감 속에 장애가 없는 세상으로 가셨다.

곧바로 그녀와 물리치료를 하기 시작했다. 두 손을 잡고 서 있기를 시켜 보니 서기는 하는데 손을 놓으면 그냥 쓰러진다. 커다란 짐볼 위에 눕혀 균형 잡기, 스트레칭 등을 한 후 평행봉 보행을 하니 뒤뚱 걸음으로 두어 바퀴 걷는다. 그녀는 기쁨에 겨워,

"나도 이제 걸을 수 있겠구나! 걸을 수 있는 거야." 하고 탄성을 질렀다.

그녀는 큰 희망을 안고 돌아갔다. 치료를 시작하고 나서 여러 달이 지나는 내내 그녀는 걸을 수 있을 거라고 혼잣말을 되뇌었다. 마음은 벌써 저만치 혼자 걸어가고 있는 듯했다. 나는 점점 걱정이 되었다. 나중에 적잖이 실망을 할 텐데 어떡하나.

40 평생 동안 사지가 마비되어 누워 지내던 뇌성마비인이 물리치료로 걷게 될 일은 없다. 솔직히 그녀의 외양은 절대 절망으로 가득해서 앉기, 용변 처리, 옷 입기 등등 대부분의 일상생활을 남이 해줘야 한다. 그러나 희망의 잔을 든 사람에게 절망의 돌을 던질 수는 없었다.

그런데 치료를 하면서 나의 걱정은 차츰 놀라움으로 바뀌어 갔다. 신체기능이 호전되어서가 아니다. 도대체 절망할 줄 모르는 그녀를 보았기 때문이다. 말은 않지만 치료를 해도 걸을 수 없다는 사실을 언제부터인가 그녀도 눈치채고 있었다. 그런데도 전동휠체어를 타고 치료실을 나가는 그녀에게서는 항상 미소가 묻어나왔다. 그 모습이 좋기도 하고 의아하기도 했다.

"나는 시를 써요."

어느 날 그녀에게서 들은 이 한마디, 시를 쓴단 말. 이 말은 벽력같이 내게 다가왔다. 시를 쓰면서 자신의 삶에서 우울함이 사라지고 살아갈 이유가 생겼다고 그녀는 말했다. 그때 그녀의 집에서 보았던 무릎책상이 생각났다. 지금도 그 책상은 그녀 방에 있다. 그 책상은 그녀의 희망 공간이었던 것이다. 알고 보니 그녀는 어느 문인협회의 도움을 받아 시집을 3권이나 냈다.

그렇다! 그녀는 이미 시로써 걷고 있었다. 그녀는 단어 하나만 제시해도 시 몇 줄이 스르르 나비처럼 날아온다. 시작(詩作)은 매번 그녀의 걸음 연습이었다. 한 발자국 한 발자국씩 그 발걸음은 길게 드리워져 시가 되고 희망이 되어 뚜벅뚜벅 걸어갔다.

뇌성마비라는 그녀의 절대 절망은 시라는 걸음 속에서 절대 희망으로 승화되었음을 나는 그제야 깨달았다. 아울러 문학이 지니는 힘에 대해서도 새삼 놀랐다. 문학이라는 것이 한 사람의 세계관에 얼마나 큰 영향을 미칠 수 있는지 직접 보았다.

뇌성마비, 뇌졸중 등 장애 치료의 예후란 대부분 우울한 것들이다. 그런데 이 사실을 알면서도 이를 극복하는 맑은 웃음을 보면 나는 무언가 잘못 살아왔다는 느낌이 든다. 최종적으로 웃는 자가 승리하는 자라 했는데, 무엇인가? 그녀는 현실과 이상을 같은 곳에 두고 있는데.

빵이 없는 사람에겐 빵을 가지는 것만이 희망이고 아픈 사람에겐 낫는 것만이 응당 희망일 것이다. 실존의 문제는 실존으로 해결해야 한다고, 실존의 문제 앞에서 실존을 앞서는 희망은 없다고 나는 생각하며 살아왔다. 현실적으로 불가한 것을 바라는 건 희망고문일 뿐이라고.

지나치게 현실적이거나 눈에 보이는 것만 바라며 사는 건 아닌지 모르겠다. 너무 일찍 희망의 끈을 놓아 버리는 건 아닌지. 어쩌면 치료사라는 나의 직업이 나를 현실주의자로 끌고 가는지도 모른다. 직업이 사람을 만든다는 말이 틀리지는 않는 것 같다. 현실과 이상의 괴리를 어떻게 극복하며 살아야 할까? 나아가 삶의 지향점을 어디에 두고 살아가야 할지 다시 한 번 생각해 보고 싶다.

일어나서 창문을 열고 심호흡을 해본다. 흐음, 농도 짙은 한숨이 나온다. 이러저러한 걱정들도 우르르 몰려나온다. 그러고는 맑은 공기가 가슴을 채우며 들어오는데 어느 여인의 미소 같다. 이제부터 나는 여러 절망들을 희망으로 바꾸어 가려 한다. 희망할 수 없는 것조차 희망으로 승화시키는, 잘 될지는 모르겠지만, 한 뇌성마비 여인의 절대 희망에 전염되고 싶은 것이다.

(2009)

전동휠체어 운전면허증

나란히 나란히 나란히, 전동휠체어 열아홉 대가 꼬리를 물고 간다. 햇살 따스한 아스팔트 운동장에서 하얀 차선들이 길을 안내한다. 곡선 코스를 지나면 가장 어려운 T자 코스가 기다린다. 조심조심 운전하지만 아니나 다를까 이탈이 속출한다. 아이쿠나 이게 왜? 운전에 자신 있어 하던 사람들도 선을 자꾸 밟는다. 나는 답답해 죽겠다. 그동안 어떻게 운전하고 다녔을까? 놀라움과 허탈함에 본인도 웃고 연습을 시키는 나도 웃는다.

원내에 많은 휠체어가 돌아다니니 안전사고가 빈번하다. 운전이 미숙한 사람도 있고 운전은 잘하는데 안전의식이 부족한 사람도 있다. 작년 말에 운전자들이 모였다. 우리 연습을 합시다! 누가 먼저 말했는지도 모르게 나온 의견에 모두들 그렇게 하자고 제창을 했다. 휠체어 지원을 담당하던 나는 일말의 책임감을 느끼고 일을 추진하게 되었다.

개괄은 이렇다. 몇 개의 코스 연습을 하고 실기시험을 보아 합격하면 운전면허증을 교부해 준다. 필기시험은 없다. 시험에 떨어진 이는 운전이 제한되고 합격할 때까지 연습을 해야 한다. 사고를 내면 감점이 주어져서 운전에 제한을 준다.

수요일마다 운동장에서 연습을 했다. T자, S자, 주차 코스를 횟가루로 그려놓고 칼라콘을 요소요소에 배치했다. 이제 출발이다. 선을 바라보는 눈들이 초롱초롱하다. 생전 처음 해보는 코스 연습, 게다가 시험까지 본다니.

운전을 손으로만 하는 게 아니다. 저 중 두 사람은 발로, 두 사람은 턱으로 운전 중이다. 전동휠체어는 특수 스틱을 장착하면 턱으로든 발가락으로든 운전이 가능하다. 물론 별도의 위치에 운전 장치를 고정시켜야 한다.

한 분은 발가락으로 한글을 배워 검정고시까지 합격한 청년이다. 그의 발가락 편지를 여러 번 받았다. 필체가 아지랑이 오르듯 구불거리지만 알아보는 데는 지장이 없다. 턱으로 운전하는 분들도 검정고시를 패스한 노력파들이다. 팔다리를 전혀 못 쓰지만 고개를 자유로이 움직일 수 있어서 그 잔존 기능 하나로 삶을 진취적으로 살아간다. 음악성이 뛰어나 찬양을 인도하고, 문학을 공부하고 싶어 방통대에 진학했다. 휠체어 운전 연습을 제안한 사람이 바로 이들이다.

연습을 거듭함에 따라 운전 실력이 좋아지는데 특히 주차와 후진 실력의 성장이 눈에 띄었다. 무엇보다도 안전운전에 대한 경각심이 높아졌다. 문을 박거나 벽에 부딪히는 일들이 줄어든 건 물론이다.

한 달 반의 연습 끝에 드디어 시험일이 되었다. 표정을 보니 자동차 운전 시험에 진배없다. 아마도 시험이라는 것 자체를 처음 겪으렷다. 한 분이 다가오더니 하는 말, 떨어질까 봐 시험을 포기하고 싶단다. 담임교사 하는 말이 밤샘 고민을 하셨단다. 긴장하는 모습을 보니 미안하기까지 하다. 연습만 할 걸 시험을 괜히 만들었나? 아니다. 자신들도 함께 결정한 일이고, 시험 때문에 열심히 연습하게 됐으니 한 번은 겪어볼 일이다. 그들의 인생에 처음으로 '시험'이 찾아왔다!

한 명 한 명 출발한다. 행여 선을 밟을라 고개를 삐쭉 내밀고 조심조심 코스를 돈다. 코스마다 감독관을 세웠다. 그리 까다롭지는 않다. 두 바퀴가 라인을 넘어가면 감점이고 네 바퀴 모두 넘어가야 탈락이니까. 결과는? 하하, 세 사람 빼고 모두 합격하였다. 만점자가 세 분이나 나왔다. 세 사람도 몇 주 지나니

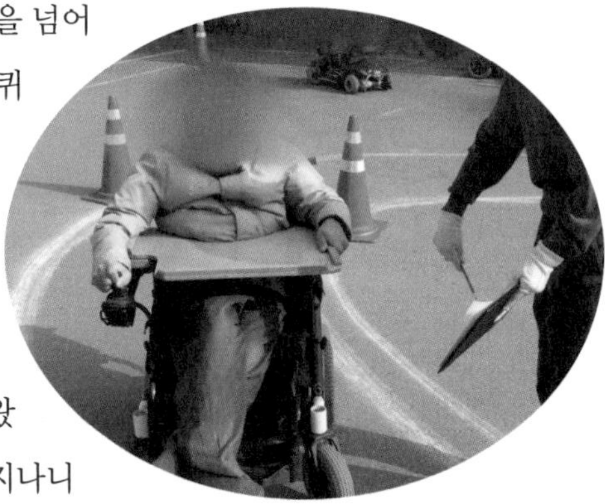

모두 합격하였다. 아니 합격할 때까지 시험을 봤다.

다함께 모여서 그동안의 영상을 보며 폭소를 터뜨렸다. 저마다 소감을 얘기하는데,

'고맙다, 다행이다, 해마다 하자, 다신 하지 말자.'

등등 다양했다. 그래서 내가,

"연습은 앞으로도 할 것입니다. 하지만 몇 년간 시험은 보지 않겠습니다."

하자 좋다고 난리다. 하하, 시험은 누구나 싫은 거다. 운전자 중 두 분은 운전 조교로 선출되어 떨어진 사람들 연습을 도와주었다.

드디어 장애인의 날(4월 20일)에 즈음해서 면허증을 발급해 드렸다. 자동차 운전면허증처럼 아크릴로 제작하여 제법 그럴싸했다. 물론 우리끼리만 통용된다. 그래도 처음 가져보는 면허증이 좋아 1년 동안 목에 걸고 다닌 분도 계셨다. 말할 수 없는 기쁨이 솟는다.

이들에게 전동휠체어란 가고 싶은 곳으로 나를 보내주는 발이며 자유의 상징이다. 이제 면허증도 있으니 그 발이 훨씬 자유롭겠지.

(2009)

상한 감 다섯 개

"이거 먹어."

그가 다가와 비닐봉지를 내민다. 검은 비닐에는 커다란 감이 다섯 개 들어 있다. 이것들은 한 달 만에 나를 찾아온 감이다. 한 달 전에 그가 나더러,

"퇴근할 때 내 방으로 올라와."

해서 올해도 감이 올라왔구나 생각했다. 그때 일부러 감을 받으러 가지 않았더니 아예 직접 가지고 왔다.

이 감에는 약간의 사연이 있다.

그는 뇌성마비로 불편한 몸이지만 우리 시설의 근로 작업장에서 일을 하면서 조금씩 돈을 번다. 돈이 조금 모이면 전라남도 순천에 계신 노모에게 용돈을 보내드렸는데, 한 번은 모친을 모시고 있는 조카가 순천에서 과실 농사를 하겠다는 말을 듣고 모아 놓은 목돈을 보냈다. 그의 조카는 명절이면 이곳 경기도까지 올라와서 그를

모시고 노모가 계신 순천에 다녀온다. 그리고 10월 이맘때면 해마다 과실을 아름드리 보내준다. 대봉이나 굵은 알밤이 온 적도 있었다. 이런 애틋함이 담긴 감이다.

그래서 그가 이맘때 방에 올라오라 하면 나는 으레껏 짐작을 한다. 그의 방이래야 우리 물리치료실 바로 위층이니까 가는 건 아무 일도 아니었다. 몇 해 연속 그에게 감을 얻어 먹었는데 그가 나 말고도 많은 사람에게 나눠 주는 걸 알게 된 후로는 마다했다.

"그냥 드셔. 이 사람 저 사람 주면 자기 먹을 것도 없겠다."

하며 지난해에도 올라가지 않았고 올해도 그랬더니 아예 '손'으로 들고 왔다. 그의 손이 어떤 손이냐 하면 뇌성마비로 세세한 조절이 되지 않는 데다 두 손으로 보행기를 밀면서 어렵게 감 봉지를 들고 온 손이다. 그간 지팡이 보행을 하였는데 요즘 자주 넘어져 지팡이 대신 보행기를 짚고 걷는다. 그러니 직접 가져오기가 쉽지 않은 일인데 일이 이렇게 되고 말았다.

"안 줘도 된다니까 그러네. 아무튼 고마워요."

하며 받았다. 마침 오전 일과가 끝나고 출출해서 먹으려고 꺼내니 여기저기 흐물흐물 상해서 먹기가 고약했다. 준다고 했을 때 진작 받았으면 좋았을 텐데.

그는 주면서 말했다.

"상해서 버리려다가 그래도 몇 개 추렸어."

나 못 준 게 못내 아쉬웠나 보다. 성의가 고마워 상하지 않은 부분을 애써 골라 먹었다. 먹어 보니 참 달다. 배고픈데 아주 잘 먹었다. 다른 이에게도 조금 주니 맛있다 한다. 고마운 친구.

그는 허리 디스크로 오랫동안 나에게 물리치료를 받고 있다. 우리는 한 살 터울로 너나들이하는 사이라 반말 존댓말 섞어 쓴다. 그간 같이 많이 놀러 다녔다. 영화 구경을 주로 다녔고 강변에서 단둘이 조개구이 캠핑도 했다. 몇 해 전에 그에게 여자 친구가 생겨 같은 장애인으로서 좋은 사이로 지낸다. 해서 그분까지 셋이서 조개며 밤 구이 상을 몇 번 차렸다. 올해는 코로나19로 어디 나가지도 못해 실내에서 했다.

오는 크리스마스엔 셋이서 파티를 하잔다. 이번엔 자기가 부담하겠다고 하기에 나는, 당근이지 하며 하이 파이브를 했다. 후후, 그날엔 아기 예수님이라도 찾아오시겠다.

(2020)

어느 장애인이 바라본 세상

비가 내려요. 고개를 들어 얼굴을 비에 흠뻑 비벼 봅니다. 이런 날이면 기분이 좋아 두 팔을 벌리고 환하게 웃곤 하지요. 커다랗게 벙그러진 나의 입으로 천진난만한 빗방울들이 놀러오고 있어요. 고무줄 바지가 흠뻑 젖었지만 알게 뭐예요. 비가 너무 좋은데.

그런데 누군가 다가와서 무언가를 씌워 비를 맞을 수 없게 하네요. '어휴 여기 계셨네. 비가 오니 그만 방으로 가요.' 하며 재촉합니다. 하지만 그럴 순 없어요. 비도 좋거니와 하루 두 번씩 이 길을 다녀야 합니다. 그냥 좋아서요. 이유는 없어요. 나는 막무가내로 가던 길을 갑니다. 선생은 어쩔 수 없이 나를 따라오지요. 비 오는 날이면 뒤뚱뒤뚱 걸어가는 내 뒤로 동그란 걸 받쳐 든 사람이 풍경

이 글은 장애인 당사자의 관점으로 작성되었습니다. 장애인을 돌볼 때는 장애인의 시각으로 돌아가야 한다는 생각 때문입니다. 이 글이 그의 마음을 제대로 반영하지 못했다면 용서를 빕니다.

처럼 따라온답니다.

나에 대해서는 이름도, 고향도, 출생 시기도 아는 이가 없어요. 부모님은 내가 어릴 때 돌아가셨다고 해요. 그래서 사람들은 내가 누구인지 몰라요. 다만 '지' 씨 성을 가진 남자이고 다운증후군인 지적장애 1급이라는 것, 그리고 55세 전후라는 것만 알고 있지요. 나는 몸집이 왜소하며(138cm, 44kg) 얼굴은 동안인데 주름이 많아요.

이따금 방 앞 복도 끝에 서서 멀뚱하니 복도 저쪽을 바라보곤 합니다. 사람들이 서로 뭐라 뭐라 이야기하는데, 언어를 이해 못 하는 나로서는 그 모습이 마치 까치들이 모여 깍깍거리는 모습 같다고나 할까, 자연계의 속닥거림과 매한가지로 보입니다. 나는 왜 저리 웃고 울며 떠드는지 모릅니다. 실은 관심도 없어요. 그냥 그렇다는 거죠.

내가 할 수 있는 소리라곤 '으어 으어, 으앙' 정도밖에 없어요. 다른 말은 못 해요. 원하는 걸 못 하면, 예를 들어 옷 입는 게 싫어 옷을 벗으려 하는데 제지한다거나 비 오는 날 산책을 못 하게 한다거나 하면 나는 소리를 지르고 때론 내 머리를 벽에 박습니다. 그러면 사람들은 몹시 당황하죠.

나는 옷감에 담긴 부드러운 느낌을 좋아해요. 아침마다 서랍을 열어 내가 입고 싶은 옷을 골라 입으면 기분이 좋아서 몇 번이고 입었다 벗었다 해요. 방이건 복도건 심지어는 바깥에서도 나는 옷을 입었다 벗었다 하는 게 좋아요. 사람들은 강제로 옷을 입히려고 하지만

난 이해할 수가 없어서 결국 소리를 질러요, 으아 으아! 하고요.

난 부끄럽지도 않고 아무렇지도 않아요. 방에서든 길에서든 옷을 벗으면 시원해요. 옷을 만지면 부드러운 옷 느낌이 좋아요. 그런데 왜 그렇게 옷을 입히려 들면서 나를 못살게 구는지 모르겠어요. 우리는 자연 그대로 살 순 없나 보죠? 사람들은 나의 이런 마음을 이해하지 못하고 자신들의 눈과 마음만으로 나를 대하나 봐요.

한 번은 나를 돌보는 사회복지사가 새로 왔어요. 그는 내가 뭘 좋아하고 싫어하는지 몰랐어요. 그래서 나는 예의 그 행동들을 했습니다. 막 소리를 질렀더니 어찌해야 할지 몰라 쩔쩔 매더라고요. 며칠이 지났는데 그가 가만히 다가와서 손을 내밀어 악수를 청하는 거예요. 나는 어색하고 싫어서 소리를 확 질렀습니다. 악수를 청해 오고 소리를 지르는 일이 여러 날 반복되었어요. 그런데 그는 나에게 참 잘해 주고 늘 웃어 주는 데다 내가 좋아하는 요플레와 카스테라를 자주 사왔어요. 나는 다른 사람의 존재를 그리 의식하지 않지만, 그때부터 그는 내 눈에 비친 이 세상 단 하나의 사람이 되었어요.

어느 날 우리 방을 치우고 있던 그의 손을 잡아 주며 웃었지요. 히 하면서요. 벙그러진 나의 입술 뒤로 듬성듬성 성근 나의 이빨이 보였을 거예요. 그의 반응이 어땠을까요? 짐작하셨죠? 깜짝 놀라더군요. 그러더니 그날 종일 즐거워하더군요. 뜻밖의 선물이라도 받은 것처럼 말이죠.

그 선생이 아침에 출근하면 멀리서 보고 있다가 그에게 달려갑니다. 방에 있다가도 아침에 그의 목소리가 들리면 얼른 나가서 악수하자고 손을 내밀죠. 그리곤 옆에 조용히 앉습니다.

요 몇 년 사이 나는 몸이 아파 병원을 많이 갔어요. 하얀 옷을 입은 사람들을 보면 화가 나요. 아픈 데를 자꾸 만지거나 따끔한 바늘로 찌르거든요. 그래서 달려들어 머리를 박곤 했어요. 나를 대하는 의사나 간호사들은 한 번 이상 나에게 맞은 경험이 있어요. 그 분들은 당황하면서도 우리 선생 말을 듣고 나면 나중엔 웃더군요.

작년에 다리 수술을 받은 뒤로 늘 하던 산책을 못 해요. 휠체어를 타고 다니게 됐거든요. 그 좋아하는 비가 내려도 이젠 못 나가요. 가끔 선생이 날 데리고 산책을 해줘서 그나마 옛 그리움을 해소합니다.

그래요, 이젠 휠체어에 앉아 세상을 봅니다. 하지만 나는 아무도 부럽지 않아요. 걱정이란 게 없거든요. 욕심이 없으니까요. 뭘 더 갖고 싶지도, 누리고 싶지도 않지요. 인연이라는 것도 내겐 쓸데없는 공치사일 뿐입니다. 그러니 내게 무슨 걱정이 있겠어요. 살아생전에 이렇게 살 수 있는 내가 부럽다는 사람도 있더군요.

이젠 말을 마치렵니다. 나는 남들보다 일찍 늙네요. 얼굴에 주름이 많아지고 나이 60도 안 됐는데 조금만 움직여도 몸이 힘들어요. 이젠 쉬고 싶어요. 휠체어에 앉아 하늘을 봅니다. 내 좋아하는 비가 오려는지요.

(2018)

아이쿠야! 첫 번째_타령하는 아저씨

빼꾸기의 게으른 메아리가 돌아다니는 6월의 마지막 날입니다. 출근하여 일할 준비를 하고 나니 타령을 잘 부르는 아저씨가 첫 손님으로 들어옵니다. 아저씨는 60대 후반이고 키가 150cm 남짓합니다. 얼굴은 쪼그맣고 동글동글한데 웃을 때는 입모양이 브이자로 구부러지면서 양 볼살이 살짝 솟아오릅니다.

매일 런닝머신으로 하루를 시작하시는데 오늘은 하얀 플라스틱 테두리의 선글라스를 쓰고 들어오네요. 하하, 가벼워 보입니다. 아차, 오늘이 토요일이군요. 그래서 저리 가볍게.

가벼움을 띄우고 싶어 아저씨에게 노래 한 곡 청해 보았습니다. 타령이 참 맛갈지시거든요. 그러자 기다렸다는 듯이 곧바로 새타령이 나옵니다.

♬ 이 산으로 가면 쑥국 쑥국

♬ 저 산으로 가면 쑥쑥국 쑥국

성근 치아 사이로 잘 알아듣지 못할 발음이 숭숭 샙니다만 음조는 얼마나 흥겨운지 얼씨구나, 절로 흥을 북돋습니다. 게다가 눈가에는 따사로운 웃음까지. 구수함이 군밤 냄새처럼 솟네요.

일전에 아저씨를 모시고 나가 삼겹살을 구워드렸어요. 한 입 덥석 잘도 드시죠. 소주도 한 잔 가볍게 컥! 거기서 또 한 곡조.

♬ 낙양~성 십리 허에~

매번 나오는 노래가 다릅니다. 얼마나 노래가 맛스러운지 반찬 필요 없이 밥이 술술 넘어갑니다. 젖은 목소리가 산골에 은은하여 저는 기어이 견딜 수 없는 물음을 던집니다.

—아저씨, 노래는 우째 이리 잘 부르십니꺼?

—아, 옛날에 약장수들한테 배웠제. 어려서 그 사람들 따라 다녔당게.

아이쿠야! 이게 뭔 말? 10년 만에 첨 듣는 이야기. 젊은 날 약장수들에게 노래를 배워 그들과 여기저기서 노래를 팔고 다녔다는 겁니다. 속담처럼, '두견이 목에 피 내어 먹듯' 약장수들이 아저씨를 팔았겠다는 생각이 저를 습격합니다.

아저씨는 몸은 멀쩡하지만 지적장애로 자립생활을 할 수 없습니다. 살 길을 혼자 마련할 수 없었을 텐데 다행히(?) 그렇게 명을 부지하셨군요. 아마도 전라도의 시장을 두루 돌았을 겁니다. 해남쯤 억양이 구수하니까요. 쇼를 하고 약을 파는 장돌뱅이들의 일원이었겠죠. 돈이 뭔지도 모르며 따라다니셨을, 약이 아니라 애환을 팔고 다니셨을.

아저씨는 고생했다는 생각은 전혀 없는 듯, 아니 고생이 뭔지 모른다는 듯 만연한 웃음으로 슬픈 이야기를 철철 늘어놓네요. 내 목구멍엔 고기가 걸려 넘어가지 않는 줄도 모르고요. 소주 한 잔 뒤로 주름진 이마와 시커먼 피부가 갑자기 두드러져 보이는군요.

사실 70년대까지만 해도 서울에서 길거리 약장수들을 흔히 보았습니다. 우리집 앞 공터에서도 사람을 모아 놓고 재주를 피우다가 약을 파는 일이 흔했죠. 도회지도 그러한데 시골이야 말할 것 없었겠지요. 세월이 흘러 거리 약장수들이 자취를 감추면서 아저씨는 거리를 헤매다가 어찌어찌해서 장애인시설에 들어와 연명하시게 되었겠지요.

하지만 지금이 중요한 거 아니겠어요. 매일 물리치료도 받고, 나들이도 맘껏 다니고 말이죠. 굳이 애환을 팔지 않아도 타령을 얼마든지 부를 수 있고요. 게다가 오늘은 아저씨의 얼쑤 타령에 수동골의 아침까지 구수하게 익어 가는걸요.

(2017)

아이쿠야! 두 번째_원망할 줄 모르는 사람

출발한 지 4시간, 버스는 어느덧 남원을 지나고 있습니다. 우리는 장애인들을 모시고 섬진강 일대로 여행을 가는 중입니다. 가을 하늘이 더없이 청명하여 지적장애인들의 첫 장거리 외출을 들뜨게 합니다. 천지에 누렇게 고개 숙인 농부들의 땀을 바라보며 2박 3일간의 이번 여행이 좋은 결실로 끝나기를 빌어 봅니다.

우리는 경기도에 위치한 장애인 공동체의 한 팀(소망 1팀)입니다. 때는 2010년, 그간 근거리 당일 나들이는 수도 없이 갔지만 40명 전체의 장거리 숙박 여행은 처음입니다. 특수학교에 다니는 발달장애인과 휠체어 이용인 그리고 대소변을 가리지 못하는 기저귀 착용자를 모두 합하면 절반에 이르고 무엇보다도 차를 타면 토하는 분들이 열 명 가량 되어 엄두도 못 냈거든요.

하지만 이번에 우리도 한 번 해보자며 단단히 준비를 했지요. 직원 말고도 봉사자만 30명에 달했습니다. 대형 버스로 두 대의 인원입니다. 새벽에 일어나 아무 일 없기를 간절히 기도한 직원도 있었어요.

출발!

복잡한 시내를 벗어나 드디어 넓은 들판을 통과합니다. 그런데 뜻밖의 상황에 나는 놀랐습니다. 고속도로 주변의 가을 들판에 취한 건 직원들이 아니라 장애인들이었습니다. 직원들은 꾸벅꾸벅 졸고 있는데 장애인들은 눈을 크게 뜨고 창밖을 뚫어져라 바라보고 있었습니다. 10월의 하늘과 땅은 쉼 없이 이어지는 빨주노초파남보였습니다. 달리는 버스 안에서 장애인들의 무지갯빛 탄성이 가슴마다 솟아나 벌판을 물들였습니다. 처음 보는 풍경이었을까요?

창에서 눈을 떼지 못하는 장애인들의 모습이란 마치 가을의 마법에 취한 것처럼 보였습니다. 특히 YD씨의 환한 표정이 얼마나 보기 좋았는지. 게다가 토한 사람은 딱 한 명뿐이었습니다. 아, 여기저기 벙그러진 표정들! 우리는 속으로 후회했습니다. 진작 멀리 나올 것을! 정말 미안했습니다.

장애란 일상을 잃는 일입니다. 누군가에겐 흔한 풍경도 누군가에겐 처음 보는 풍경입니다. 오늘 우리 장애인들은 처음으로 이 먼 길까지 와서 무르익은 가을 들판을 보는 중입니다. 처음 가보는 여행지의 설레임으로 오늘 그들은 잃어버린 일상을 늦게나마 돌려받고 있습니다.

커다란 이정표가 이제부터 남원임을 알립니다. 차가 고속도로를 벗어나 남원의 어느 마을을 지나는데 갑자기 옆에 앉은 저의 짝궁이 남원이라고 적힌 도로 이정표를 가리키며 소리를 칩니다.

"남원이야, 여기 우리집이야!"

나는 그를 보며 집이 경기도인데 무슨 말이냐며 피식 웃었습니다. 그의 집은 경기도니까요. 그런데 이번엔,

"우리집 맞아. 우리 아빠 여기 살아!"

하는 것입니다. 나는 귀가 솔깃해져서,

"아빠가? 그러면 고향이란 말이에요?"

하고 물으니 응, 맞아 고향이야 하며 앉다 서다 들썩들썩 합니다. 이제야 집이라는 그의 말이 이해되더군요. 더불어 이정표의 글을 읽어냈다는 데서도 놀랐습니다. 글자를 읽는 줄 몰랐거든요. 그가 새롭게 보였습니다.

차가 지나는 곳은 시골의 작은 시가지. 70년대에서 세월이 멈춘 듯, 거리엔 사람이 없고 단층짜리 상가건물마다 빛바랜 간판을 내걸었습니다.

그는 거리의 풍경이 낯익은지 '맞아 맞아' 하며 엉덩이를 들썩들썩 일어났다 앉았다 합니다. 이제는 장애인들도 모두가 곤히 자고 있는 버스 안에서 그 홀로 경사가 났습니다. 아빠 여기 산다고 얼마나 좋아하는지 마냥 함박웃음입니다. 차창 밖에선 코스모스들도 덩달아 살살이 춤을 춥니다.

그의 나이 40, 다운증후군으로 태어나서 우리 공동체로 들어온 지 수십 년, 그 세월을 돌다가 이제야 고향에 왔을 테니 얼마나 반

가울까요? 아하, 오늘 우리는 죄가 많습니다. 너무 늦게 시작했습니다. 먼 여행이란 이렇게 좋은 것을! 가끔은 먼 데로 돌아도 좋겠습니다. 아무리 지적장애인이라 하더라도, 아무리 욕망을 표현하지 않는 사람이라 하더라도 말이죠. 아니 그 누구라도 가끔은 진공상태가 되어 잠시 일을 접고 멀리 떠나 지금의 시간을 벗어날 필요도 있겠습니다.

고향을 알아보고 그리움을 느끼는 지적장애인을 오늘 처음 접했습니다. 이번에 여행을 가는 분들은 대부분 고향은커녕 연고지도 모릅니다. 그런데 여기서 고향을 반기는 분이 나올 줄이야. 저들과 함께 지낸 지 6년인데 저들에게도 그런 것이 있음을 까마득 몰랐습니다. 저들에게도 표표한 삶의 격이 있음을 놓쳤습니다. 저들 삶의 정황, 그 그리움에 들어가 생각해 볼 줄을 몰랐습니다.

이제야 우릴 여기 데려왔냐는 원망이 느껴집니다. 몇 시간째 창에서 시선을 돌리지 않던 그들의 눈도, 여기가 내 고향이라고 자리에서 일어서는 들썩임도 전부 그렇게 느껴집니다. 아아, 그래도 이들은 우리를 원망하지 않네요.

그와 몇 마디 대화를 나누었습니다.

"아빠가 살아 계세요?"

"그래, 여기 살아."

"근데 왜 그동안 말 안 했어요?"

"응? 몰라."

"면회 한 번 안 오셨잖아요?"

"응."

이런 몇 마디를 주고받다가 나는 돌연 가슴이 멍해져서 대화를 그만두었습니다. 지금 그의 모습에는 원망일랑 정말이지 모기 발톱만큼도 없으니까요.

오랫동안 면회 온 적 없는 아빠를 원망할 법도 한데 오히려 아빠 여기 산다고 반가워 어쩔 줄 모릅니다. 그와는 달리 나는 그의 아버지가 순간 미워졌습니다. 면회도 올 줄 모르나? 전화도 할 줄 모르나?

허나 이건 부질없는 생각일 겁니다. 면회를 못 왔다면 다른 이유로, 예컨대 몸이 약하거나 너무 고령이거나 심지어는 돌아가셨을지도 모르니까요. 무엇이 맞든 사실 여부를 떠나서 나는 가슴이 뭉클했습니다.

'어쩌면 저리 착할까? 원망이란 게 없네.'

그의 순수한 마음이 푸른 하늘처럼 깨끗해 보였습니다. 그에 비하면 나는? 원망과 미움에 에둘러 사는 나는? 아이쿠야, 할 말이 없네요. 정말로 부끄러웠습니다.

고향을 벗어나자 언제 그랬냐는 듯이 그는 잠잠해졌습니다. 버스 안은 다시 고요해져서 엔진 소리만이 자장가처럼 들려옵니다. 무덤덤하게 차창 밖을 응시하는 그의 옆모습을 바라봅니다. 도대체 원망할 줄 모르는 이를 보면서, 저이랑 같이 살면 어쩌면 원망이라는 걸 평생 안 하고도 살 수 있겠다는 기적 같은 생각이 들었습니다.

(2010)

제2부

장애인 물리치료실의 희망이야기

“장애인 치료 현장에서 만난 가볍고도 조금은 무거운 이야기”

장애인 공동체로

천사도 처음 보면 무서울까? 사내 서넛이 식당 앞에 웅성웅성 서 있는데 그 옆을 지나자니 조금 겁이 났다. 직원으로 일을 하겠다고 찾아와 놓고도 이 모양이니 이를 어쩐다. 공동체 장애인을 접하는 첫 느낌은 그랬다. 누가 오라 해서 온 것도 아니고 내 발로 찾아와 놓고도 그랬다. 이따금 접해 본 적이 있긴 했지만 장애인은 여전히 낯설었다.

2년 전으로 거슬러 가서, 친구가 우리집 근처의 장애인 공동체에서 일한다는 말을 듣고 한 번 가보고 싶었다. 그는 나의 물리치료과 2년 후배지만 나와는 나이가 같았다. 그는 나를 선배라고 불렀지만 나는 그를 친구라고 생각했다. 안 그래도 얼마 전에 이 공동체에 대해서 들은 적이 있었기에 잘됐다고 생각했다.

그를 만나러 가던 날은 1월의 엄동설한이었다. 날은 춥고 버스는 좀처럼 오지 않았다. 한 시간에 두 대 꼴이라 해서 그런 줄은 알았지만 40분이나 기다릴 줄이야. 발이 너무 시렸다. 구석으로 밀려난 이 나라의 안타까운 복지 현실이 실감 났다. 이런 데서 일한다는 친구는 아마도 천사이리라.

친구는 매일 두 시간 반 걸려 출근한단다. 집이 남산이라는데 도대체 그 먼 거리에서 어떻게 매일 오냐고 물었다. 여기는 경기도 남양주 수동인 것이다. 이런 일이 좋아서라는 그의 자그마한 목소리에는 기운이 없었다. 좋긴 해도 너무 먼 거리가 부담스러웠던 것이다.

1년 뒤 그에게서 전화가 왔다. 집이 너무 멀어 아무래도 이직을 해야겠으니 내가 자기 자리로 올 수 있겠느냐는 거였다. 그의 상황이 이해가 갔지만 나는 현재 직장에서 일한 지 1년밖에 되지 않아 아직은 옮길 때가 아니라고 하였다. 결국 두 해가 지난 2004년 2월 2일 나는 이 공동체 〈신망애재활원〉으로 출근하게 되었다.

이전 직장은 버스로 10분밖에 안 되는 데 비해 여기는 버스로 한 시간 반 거리였다. 거리도 부담되었고 장애인이라는 대상도 그랬다. 하지만 이런 부담들은 극복될 수 있을 것이라고 생각했다. 집 근처에서 오라는 병원이 있었지만 이를 마다하고 이곳으로 온 이유는 대체급여를 찾아서였다.

나는 사회복지를 하려고 물리치료사가 됐다. 어려운 사람을 도우며 사는 '슈바이처' 같은 삶을 동경해서 물리치료과에 들어갔다. 처음엔 사회복지란 말도 몰랐고 그저 기독교 정신의 발로에서 그

신망애재활원 전경-2004년

랬다. 병원에서 잠깐 일하기는 했지만 병원 일보다는 복지시설 일이 더 좋았다. 그래서 이곳으로 이직할 당시, 집 근처의 병원 두 곳에서 물리치료사로 오라고 했지만 나는 모두 거절했다. 병원보다 부족한 급여는 '보람'이라는 대체급여로 보충될 거라 믿었다.

다행히 여러 부담들은 차츰 사라지고 이 공동체가 조금씩 좋아졌다. 일한 지 두 달쯤 지난 어느 날 휠체어 여성 이용인 한 분이랑 운동장에서 담소를 나누었다. 수령 20년 정도 된 소나무들이 선사하는 푸르른 그늘 아래에는 미니 축구 골대가 운동장 끝으로 밀려나 있고, 축구를 좋아하는 나는 그 곁으로 가서 그물망을 만지작거리고 있었다.

아스콘으로 포장된 운동장은 휠체어들이 다니기 좋아 그녀는 늘 운동장에 나와 있었다. 나 역시 치료가 없는 시간이면 운동장에 자주 나가 쉬었는데 그 덕에 그녀와는 그간 적잖이 친해졌다. 그날도 평시처럼 서로 대화를 하는 중에 그녀에게 왠지 여기 느낌이 좋다고 말했다. 그랬더니 그녀는 갑자기 씩 웃으며 이런 말을 한다.

"얼마나 오래 버티나 보자."

이래 놓고 그녀는 겸연쩍은지 하늘을 쳐다보며 깔깔 웃었다. 순간 나는 화살에라도 꽂히는 느낌이었다. 취업 걱정 없는 직종인 물리치료사가 이 산골로 들어와 오래 일하기란 종전의 예를 보아선 기대하기 어려운 현실이었다. 실제로 내가 들어온 자리는 2년간 공백이었다. 그녀의 농담 아닌 농담을 듣고 허탄하여 '허' 하고 말았지만 나 역시 알 길 없는 일이었다. 이전 직장인 노인복지관에서 어르신들을 접하면서 가졌던 친화력으로 여기서도 잘해 보리라 생각했지만 자신할 수는 없는 것, 앞으로의 일을 누가 알랴?

아무튼 이랬던 그녀는 7, 8년쯤 뒤에 독립하여 살겠다고 자기가 먼저 나갔다. 이른바 자립. 알심 가득한 그녀는 임대아파트를 장만했다. 좋은 일이었다. 그래서 이번에는 내가 그녀를 놀렸다.

"나보고 얼마나 오래 버티나 보자 하더니 자기가 먼저 나가네?" 하니 폭소를 터뜨린다. 지금도 가끔 만나면 이 말로 둘은 파안대소를 한다.

이 공동체가 좋아진 데는 여러 이유가 있었다. 200명의 장애인을 향한 애정과 상호 친밀감, 넓은 공간, 직원에 대한 존중, 기독교적 박애주의 등 이런 것들이 마음에 와닿았다. 물론 그렇지 않은 것도 있었지만 큰 틀에서 이해할 수 있었다.

그리하여 나는 나를 시설의 일부라고 생각하기 시작했다. 여기 분들과 한 가족이라는 생각을 지니고 싶었고 시설의 일에 적극 동참했다. 그랬더니 직원도 장애인도 모두들 나를 응석받이 친구처럼 대해 주어 출근하는 나날이 즐거웠다. 이렇게 재미있는 직장이 어디 또 있을까 하는 생각이 들 정도였다.

그 후로 15년 동안 이 직장에서 나는 물리치료 말고도 여러 가지 일을 했다. 〈웹디자인 기능사〉 자격증이 있어서 회사의 홈페이지를 직접 제작했고(정보지원팀), 장애인들과 24시간 생활을 같이 하고 싶어 생활재활교사를 자청하여 일하기도 했다(생활재활팀). 고맙게도 회사는 나에게 경기도지사상 등 많은 표창을 받을 수 있도록 해주었다.

하지만 동시에 나의 과오도 많이 있었고 능력 부족의 일도 있었다. 상사와 동료에게 실망을 안긴 일도 많았다. 생활재활팀에 자원하여 갔다가 야근에 적응을 못 하는 등 생활재활 업무에 너무 미숙해서 다시 물리치료실로 복귀하기도 했다. 사람은 자기가 서야 할 자리에 서야 한다는 뒤늦은 자각은 뼈저렸다.

그럼에도 나는 이 공동체를 좋아한다. 그것은 아마도 다음 두 가지 이유 곧, '좋아하는 일을 한다'는 사실과 '나는 시설의 일부'라는 생각 때문일 것이다. 이 둘은 내게는 마치 대체급여 같다. 아니 대체급여를 넘어서 현금처럼 느껴진다. 비록 말만큼 충성하거나 희생하지는 못하지만 내 사고의 언저리에 이 둘이 있음은 분명하다.

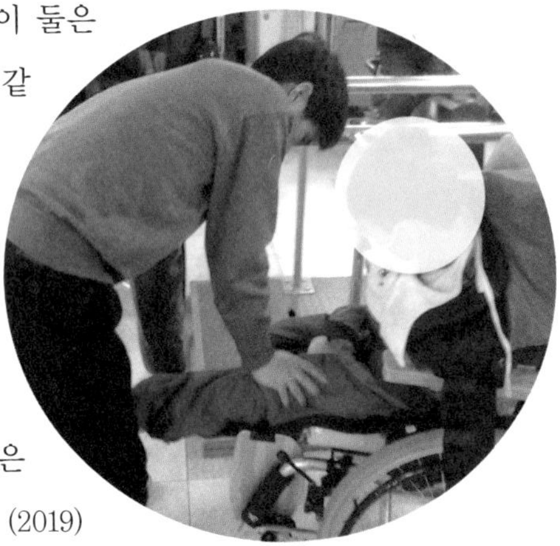

(2019)

어떤 변명

얼마 전 장애인의 날 행사에 그간 자립했던 분들이 많이 찾아왔다. 대부분 휠체어 이용인들인데 이들은 저마다 장애인 돌보미와 함께 왔다. 잘사는지 걱정했는데 밝은 모습들을 보니 더욱 반갑다. 이제 우리나라도 시설 장애인이 독립해 살 만한 것 같다. 처음 이들이 자립하겠다고 했을 때 우려했던 내 생각이 부끄러웠다.

오늘 온 분들은 모두 이 공동체에서 수십 년 같이 지내 너나들이하는 사이라 오늘 같은 날 서로 보려고 이렇게 한 데 모인다. 다들 너무 좋아한다. 운동장엔 이들 말고도 우리 공동체 장애인과 직원, 보호자, 내외 귀빈, 군악대를 포함한 자원봉사자 등 400명이 넘는 사람들이 행사를 즐기고 있다. 머리 위로 만국기가 펄럭이고 수백 개의 기념 풍선들도 4월의 푸른 하늘로 높이 날아올랐다.

물론 앞글(「장애인 공동체로」)의 파안대소담을 나눈 여성도 놀러 왔

다. 독자의 이해를 돕기 위해 다시 그 얘기를 하자면, 내가 이 공동체에 취업했을 때 그녀는 나더러 여기서 얼마나 오래 버티나 보자 하더니 몇 년 뒤 자립한다고 자기가 먼저 나갔다. 그래서 그때 그 일로 우리 둘이 웃고 떠들던 이야기가 바로 이 파안대소담이다.

나는 그녀와 예의 그 웃음거리를 나누며 깔깔대고 있는데 곁에서 이를 듣던 다른 자립인이 한마디 끼어든다. 그 역시 그녀처럼 전동휠체어를 이용하는데 뇌성마비로 팔다리가 마비되어 턱으로 조종 스틱을 조절하며 휠체어를 운전한다. 그는 말을 하려면 온 근육에 힘을 줘야 소리가 나오는데도 노래 실력이 뛰어나 여기저기에서 공연을 초청 받는 사람이다. 그가 이렇게 말을 했다.

"내가 볼 땐…… 음…… 고 선생이 전보다…… 음…… 더 진정성이 있어 보여요."

차분하고 낫낫한 음성으로 전해지는 그의 말에 그녀도 아무 말없이 고개를 끄덕인다. 나는 칭찬을 들으면 일부러 애써 잊어버린다. 고마운 말이지만 정작 칭찬이 내 인생에 도움이 되는 일은 거의 없다. 오만해지기라도 했다간 오히려 내게 해가 되어 돌아오는 것이 칭찬이다.

나는 그의 말을 듣고 깜짝 놀랐다. 그리고 고마웠다. 하지만 그 말을 일부러 깊이 새겨듣지 않으려 했다. 세월의 무게에 흔들리던 내 진정성을, 칭찬에 취해서 그마저 잃을까 봐 그랬다.

기왕 말이 나왔으니 말이지 본색을 감추는 데 이처럼 좋은 변명이 없다. 월급쟁이 신세에 진정성으로 일한다는 표현은 대접 중에 상대접이요, 호강 중에 상호강이다. 월급에 목을 매는 처지인 데다가 도중에 그만두고 싶은 때도 있었다. 게다가 조금이라도 진정성이 없는 사람이 어디 있겠는가?

그런데 시간이 흐를수록 이 말이 자꾸만 가슴에 새겨졌다. 회사가 아니라 장애인에게 직접 받은 표창이 아닐까? 비록 위로의 말이었을지언정.

나는 진정성이 깊은 사람을 존경한다.

민주화 운동가이셨던 고(故) 백기완 선생께서 '자주 고동 입에 물고 옥색치마 휘날리며 말을 달리는 조선의 처녀상이 어디 없냐?'고 외칠 때, 그의 편향적인 사고에는 아연실색했지만 그의 이타적인 삶에는 깊은 존경을 품었다.

또 한 분, 젊을 때 넝마주이를 하면서 청계천 빈민가 사람들과 더불어 살아가던 김○홍 목사를 너무나 존경한 나머지 1998년 당시 그의 공동체가 있던 남양만 〈두레마을〉에 찾아가 물리치료사로 옆에서 일하게 해달라고 한 적도 있었다. 여러 사정으로 그리 되지는 못했지만.

그런데 지금의 장애인 공동체에서 또 그런 분을 만났다. 자신의 재산과 인생을 모두 바쳐 눈물로 이 터를 다진 김○원 목사다. 사람이 아무리 척박한 환경에서 삶을 꾸릴지라도 변함없는 진정성을 가질 수 있음을 바로 옆에서 서리서리 체견(體見)했다.

이들은 〈이스터섬〉의 석상처럼 존재의 일어섬 그 자체였다. 이뿐인가, 순수함으로는 둘도 없는 우리 장애인들이야말로 진정성의 대가(大家)다. 이들은 내가 진정성을 잃을 때마다 나를 깨운 채찍이었다.

그리하여 나는, 진정성이란 나의 힘만으로 되는 것이 아니며, 따라서 아무리 미약하더라도 진정성은 혼자만의 것이 아니라 동행하는 이들의 것임을 가슴에 새기게 되었다. 이 일을 하게 되어서 기쁘고 훌륭하신 분 곁에서 일해서 기쁘다.

(2019)

가벼운 치료실

소로록 잠도 오고, 봄 햇살에 창밖으로 얼굴도 던져본다. 따뜻하다. 멀리 축령산이 사무실 앞까지 내려와 날개를 말린다. 날씨조차 가벼운 토요일 오후다.

주중에 휴일이 있어서 대신 오늘 일하러 나왔다. 꼭 그래야 하는 건 아니지만 굳이 토요일 대체근무를 고집하는 건 약속 때문이다. 약속이란 바나나 껍질처럼 벗겨지기 쉬워서 나는 좀처럼 약속을 안 하는데 이 약속만큼은 왠지 해드리고 싶었다.

순수한 그네들과의 약속,

한 번이라도 더 물리치료 받고 싶은 장애인들과의 약속,

무엇보다도 나를 사랑해 주는 사람들과의 약속.

장애인들이 200여 명 모여 사는 생활공동체, 그 안에 있는 물리치료실, 이곳이 나의 근무처다. 물리치료사는 나 혼자다. 비장애인에 비해 손이 더 가는 장애인 치료. 신발을 벗겨주고, 부축해서 올

려주고, 휠체어는 한 쪽으로 치워 놓아야 한다.

언젠가 평일에 쉬어서 대신 토요일에 치료를 해드렸더니 토요일에도 찜질한다고 매우 좋아들 하셨다. 그 모습을 보고는 다음에도 그리 하겠다고 약속을 드린 바 있었다. 대부분의 직장인처럼 나 역시 주말에는 일하고 싶지 않다. 토요일에 일을 하려면 마음이 무겁다. 하지만 이 약속을 소중히 간직하고 싶은 건 이 천사들이 내게 베푼 사랑 때문이다.

몇 년 전 크리스마스의 일이다.

그해 크리스마스에는 어찌어찌해서 집이 텅 비게 되었다. 출근해서 물리치료를 해드리는 것도 좋겠다고 생각되어 나와서 해드리겠다고 했다. 그러자 장애인 몇 분이 물리치료실에서 크리스마스 파티를 하기로 의논을 하고서는 내게 여기서 해도 되겠느냐고 물어왔다. 나더러는 아무것도 하지 말고 지켜만 보라면서.

크리스마스 아침부터 물리치료를 해드리고, 드디어 오후 3시쯤 파티가 열렸다. 다들 천 원, 이천 원씩 모아 과자를 사오고 귤은 전날 했던 성탄 이브 행사에서 남은 걸 얻어 오셨다. 장애인들이, 나에게 치료받던 이들이 치료실에서 성탄 파티를 열어 주었으니 내가 얼마나 고맙고 행복했었겠는가? 실로 과분한 사랑이었다.

내가 하모니카로 〈고요한 밤〉 〈루돌프 사슴코〉 따위를 연주하니 모두들 따라 불렀다. 휠체어를 탄 천사, 목발을 짚은 천사 그리고 관절염을 앓는 천사들이 저마다의 음정으로 노래를 했다. 나는 이날 16

화음의 코러스를 들었다. 음이 좀 틀리면 어떤가. 그것은 진정한 코러스였다. 만약 천사합창단이 진짜로 있다면 16화음임에 분명하다.

이런 천사들인데 내가 어찌 이 약속을 소홀히 하겠는가? 막상 토요일에 일을 하려면 맘이 좀 느슨해진다. 치료를 하는 중에도 노래를 좋아하는 이와는 노래를 부르고 시를 좋아하는 이와는 시를 읊는다. 옷도 편하게 입고 오고, 치료받으러 와놓고선 장기 두자, 오목 두자 하는 분들과도 흔쾌히 시간을 낸다. 그분들도 토요일엔 다르게 지내고 싶은 것이다.

중풍으로 편마비를 앓고 계신 웅 아저씨는 노래를 참 좋아해서 토요일 치료를 기다린다. 운동치료를 하러 와서는 눈을 지그시 감고 한 곡조 뽑는데 감동이다. 장애를 입기 전에는 사람들 앞에서 자주 노래를 불렀단다. 토요일이면 우리 둘은 노래잔치를 벌인다. 그런 그를 모시고 노래자랑대회에 나간 적이 있다. 내가 기타를 치고, 그가 〈오빠 생각〉에다 한 곡을 더 불렀는데, 실로 24년 만의 무대에서 그는 청중들에게 감회를 이야기하다 울고 말았다. 비록 노래는 어눌하고 느렸지만 그는 특별상을 받았다.

오후 4시쯤 되면 확실히 바람이 좀 빠진다. 토요일이라는 이유로 치료 받으러 오는 이도 거의 없고 나 역시 일이 손에 잡히지 않

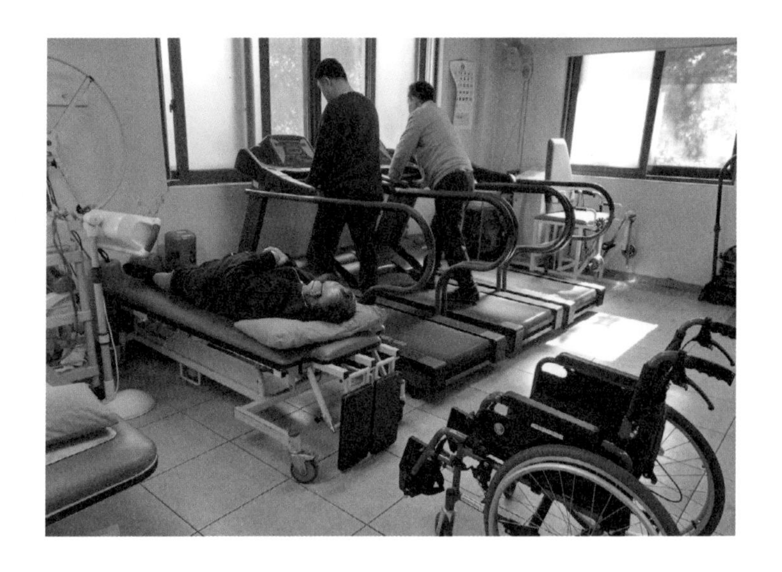

는다. 그래도 오늘 나온 보람을 느낀다. 희귀 질환으로 다리가 마비된 강 누구님은 며칠간 대변을 못 봐 속이 많이 불편했는데 배에 따뜻한 찜질을 하고는 이내 변의를 느껴 볼 일을 보았다. 그 벙글벙글한 입이 지금도 생생하다.

나랑 장기 두자 메아리치던 20대 뇌성마비 청년도 후련하게 장기를 두고 갔다. 비록 두 판 다 지고서 다음에 다시 두자 벼르고 갔지만. 요즘 단조로움에 에둘려 사는 아저씨 한 분은 오목을 몇 판 이기더니 훨훨 웃으며 날아가셨다. 못내 져드림은 이래서 즐겁다. 일하는 토요일 오후는 그래서도 더 가벼운가 보다. 축령산이 아까보다 가볍게 내려앉았다. 이제 곧 해가 지겠다.

(2010년)

행복한 언감생심

밤 8시, 고요하다. 글을 쓰려고 앉았다. 이 시간이면 피곤해서 글쓰기가 쉽지 않다. 오늘도 40여 장애인들이 치료받고 갔다. 생활팀이 6개 있어 팀별로 치료 시간대를 정해주고 그 시간에 오도록 한다. 지적 능력 장애로 인해 더러는 남의 시간대에 오기도 하지만, 그 또한 이들의 시간이라 생각하여 나는 크게 개의치 않는다. 장애로 인해 그러한 사람에게 잘잘못을 따지는 것이 오히려 잘못이니까. 이런 사람에게는 자기 시간대에 다시 오도록 안내하면 될 일이고 몸이 불편한 사람은 안마의자에서 쉬게끔 해서 자기 시간에 치료해 드리면 될 일이다.

이들 일부를 제외하고는 시간대를 잘 지키는 편이다. 모두들 부지런히 다녀갔다. 이들에게 물리치료는 빼기 싫은 주요한 일과여서 TV를 보다가도 자기 시간이 되면 치료받으러 온다. 그러니 이들은 부지런한 사람들이다.

일부 사람들은 어쩌다 하루 치료를 쉬면 몹시 아쉬워하기에 나는 여름 휴가가 아니면 가급적 이틀 연이어 휴가를 내지 않는다. 더구나 해외여행을 가려면 일주일 이상 치료를 쉬어야 해서 업무 이외 일로는 가지 않았다. 그 바람에 사회복지를 시작한 지 실로 20년 만에 개인 해외여행을 갔다. 그전에는 회사나 협회와 관련된 의무적인 여행만 갔기에 그때마다 가족, 특히 아내에게 많이 미안했다. 그만큼 장애인들의 물리치료 욕구는 강하다. 어떤 사람들은 물리치료 며칠 쉬면 어떠냐고 아무렇지도 않게 얘기하지만 이 욕구를 늘 접하는 나는 쉬이 그렇게 못 한다.

물리치료 환자 중에는 허리 아픈 사람이 제일 많고 어깨나 무릎 아픈 이도 많다. 문제는 10, 20년 장기간 치료하는 사람이 절반이라는 사실이다. 좀 나았으면 오지 말아야 하는데 여전히 찾아온다. 그러니 나는 돌팔이가 되고 만다. 그럴 수밖에 없는 운명인지도 모르겠다. 그들에게 물리치료는 생활의 일부인 것이다.

더러는 런닝머신이나 자전거 운동을 한다. 보행능력이 저하되어 평행봉 보행 훈련을 하는 이도 많다. 다만 운동기구들이 오래된 것들이 많아 새로 사야 하지만 우리로선 언감생심이다. 올해도 예산이 부족해 다음에 사자는 말씀을 바로 어제 들었다. 15년 이상 된 게 대부분이지만 다시 내년을 기약하게 되었다.

부족한 우리의 형편을 얘기하려니 몇 해 전 크리스마스 밤의 일

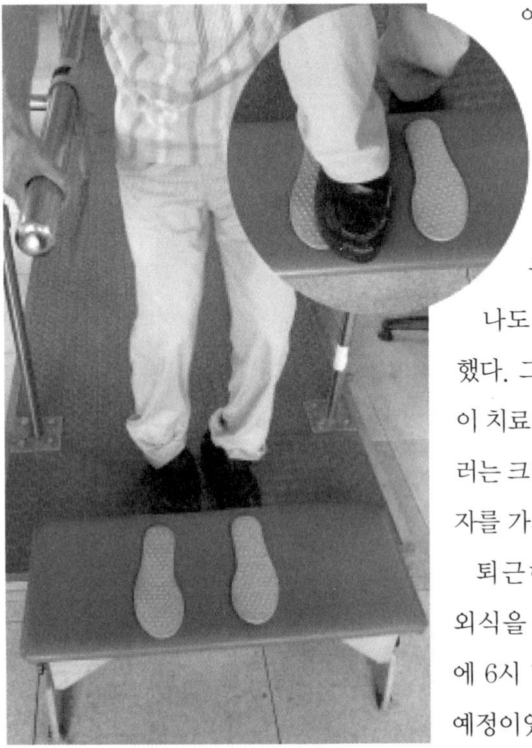

이 생각난다.

생활시설에서는 크리스마스 같은 날에도 장애인을 돌보기 때문에 나도 자주 근무하곤 했다. 그날도 많은 분들이 치료 받으러 왔다. 더러는 크리스마스라고 과자를 가져오기도 했다.

퇴근해서 가족들과 외식을 하기로 하였기에 6시 땡, 하면 퇴근할 예정이었다.

퇴근하려는 찰나였다. 갑자기 직원들이 장애인 여성 한 분을 모시고 들어왔다. 식당에서 넘어졌다는데 턱이 탈구되었는지 한쪽으로 튀어나왔고 다리도 심하게 절고 있었다. 턱뼈와 다리뼈의 이상이 의심되었다. 오늘은 간호사도 없고 운전원도 없으니 내가 운전해서 병원에 다녀와야 한다. 담임 선생과 다친 장애인을 모시고 급히 병원으로 갔다.

우리 재활원은 산골에 있어서 병원까지는 20분 정도 차로 가야 한다. 가는데 눈이 내리기 시작했다. 온 세상을 다 덮을 기세로 함박눈이 펑펑 내렸다. 낭만적인 크리스마스 밤이었다. 병원에서 응급치료만 받고 내일 다시 통원하여 상세한 진찰을 받기로 하고 원으로 돌아오는데 그때까지도 눈이 많이 내리고 있었다.

퇴근을 하게 된 시간은 저녁 8시였다. 눈이 많이 쌓여 운전하며 돌아갈 일이 걱정되었다. 모두가 들떠 있는 허공으로 크리스마스의 눈이 내리지만 퇴근길이 막힐까 봐 나는 낭만을 즐길 겨를이 없었다. 가족과의 약속을 지키기 위해 어서 집에 가야 했다. 급히 차 시동을 걸었다. 하지만 여기는 시간당 두 대의 버스가 다니는 시골이다. 마석 시내까지는 고개를 두 개 넘어야 하고 과속방지턱을 이십여 개나 지나야 한다. 편도 1차선이라 추월하기도 어려운 차도의 눈 덮인 퇴근길은 자동차로 스키를 타야 할 상황이었다.

차도로 나서자마자 길이 막히더니 결국 마석 시내까지 이십 분 거리가 네 시간이나 걸렸다. 밤 12시가 되어서야 마지막 고갯마루에 올라섰다. 내리막길에서는 차가 조금만 앞으로 움직이면 멈추지 않고 미끄러지는 통에 시속 5km 이상의 속도를 낼 수가 없었다. 너무 위험했다. 집까지 가려면 앞으로도 20분 걸리는데 오늘은 아마도 두 시간은 더 소요될 것이다. 아내는 집에서 걱정이 태산이었다. 다행히 내리막길 초입에 우리 시설의 그룹홈이 있어서 야속한 잠을 청하러 들어갔다. 크리스마스에 외박이라니, 외식을 약속한 아내와 아이들에게 너무나 미안했다.

지금 내가 하고 싶은 이야기는 이거다. 우리 장애인들은 왜 이렇게 첩첩산중에 살아야 한단 말인가? 혐오시설이다 뭐다 해서 주민들로부터 배척당하여 이사를 열 번도 넘게 했다. 그뿐인가? 장애인을 돌보라고 주는 예산은 그야말로 최저생계비 수준이다. 난방비며 전기료 모자란 건 당연하고 일인당 식사비도 아주 낮다.

정부는 이런 사실을 잘 알고도 부족한 예산 탓만 둘러댄다. 누군가가 주머니 사정을 말할 적엔 언제까지나 그의 탓만 하고 있을 수는 없는 노릇인지라 모자란 건 알아서 채워야 한다. 어쩔 수 없이 대부분의 복지 시설들은 후원을 위해 필사적으로 노력하는 실정이다. 다행히 하늘은 스스로 돕는 자를 돕는다고, 사람들은 우리를 외면하지 않고 있다. 30년째 찾아와 후원과 봉사의 손길을 펼치는 단체들이 있는가 하면 내 지인 중에는 자신의 어려운 형편도 마다않고 우리를 돕는 사람도 있다. 어찌 됐든 우리는 겨우겨우 줄이고 아끼며 살아간다. 눈길에서 자동차가 아슬아슬 스키를 타듯 사회복지인들은 예산 길에서 스키를 타며 살아간다.

그래도 분명히 말할 수 있는 것은 우리는 행복을 위해 달린다는 사실이다. 우리는 각종 체험활동으로 무료하지 않기를 애쓴다. 나들이와 쇼핑 체험이 많고 더러는 한글을 배워 검정고시에 합격하거나 시집을 내기도 했다. 지역주민들의 도움으로 삼겹살 파티도

하고 인근 식당들의 식사 초청도 많이 받는다. 아픔으로 얼룩졌던 고달픈 세상사를 떠나 우리 시설에 입소하여 장이야 멍이야 즐겁게 지내는 아저씨들도 있다. 이 모든 것들이 우리를 눈송이처럼 가볍게 해준다.

어차피 세상사라는 게 행복 천지일 수는 없는 것. 예산 부족은 물론이요, 잔병치레도 숱하고 고령화 현상으로 물리치료를 받는 사람도 많아졌지만 그래도 우리는 삶을 긍정해야 한다. 행복은 찾아오는 것이 아니라 쟁취하는 것이기에 아슬아슬 스키를 타는 나날 속에서도 눈송이 같은 가벼움으로 무거움을 애써 누를 일이다. 모두의 얼굴에 달무리처럼 은은한 웃음꽃이 필 수 있도록 손에 손을 잡을 일이다.

(2013)

쌍둥이 치료 소고

아이들을 처음 만난 때는 2006년 봄이었다. 아침에 치료를 준비하는데 조그맣고 귀여운 남자 아이가 생활재활교사의 품에 안겨 치료실에 들어왔다. 두 살쯤 돼 보였다. 최근 입소한 아이라 한다. 그런데 나이를 물어보니 세상에, 일곱 살이다. 앉지도 서지도 못하고 유아처럼 누워만 있다. 말도 옹알이를 하는 수준이라 누가 봐도 유아였다. 놀랐다.

곧이어 또 한 아이가 들어오는데 앞서 들어온 아이와 똑같이 생겼다. 언뜻 봐서는 누가 누군지 구분하기 어려웠다. 이 아이는 먼저 들어온 아이의 쌍둥이 형이라 한다. 그런데 형도 동생과 발달 정도가 똑같아서 다른 이의 품에 안겨서 들어온다. 세상에! 이제는 놀라움이 안타까움으로 변했다.

이제부터 두 아이는 평생 우리 시설에서 살게 되었다. 귀엽고 사랑스러워 직원들이 저마다 품에 안아 보지만 귀여움 뒤에는 언제나 안타까움이 따라왔다. 두 아이의 나이를 몰랐더라면 웃기만 했을 만남이었는데……. 엎드려 기어 다니는 일곱 살 아이에게 기저귀를 갈아 주는 심정이란 그런 것이었다.

하지만 절망만 할 일은 아니었다. 아이들이 우리 시설에서 잘 성장해 주면 초등학교 중학교 고등학교도 갈 것이고 성인이 되어 어쩌면 다시 사회로 나갈 수도 있을 것이다. 아직 희망이 있다. 그래서 재활치료를 맡은 우리 치료사 둘의 역할이 막중해졌다.

며칠 후 형제의 부친이 면회를 오셔서 만나게 되었는데 40대 중반인 듯 나와 나이가 비슷해 보였다. 선한 인상이었다. 좀처럼 웃지 못하는 부친의 얼굴에는 자식들에 대한 아픔이 묻어났다. 가슴이 아플까 봐 자세히 묻지는 못했지만 지난 세월 두 아이들을 키우며 얼마나 마음이 무겁고 한스러웠을지 짐작이 갔다.

마음은 잡잡했지만 우리는 긍정적인 대화를 했다. 여기서 치료하면 차차 좋아질 겁니다, 정도의 이야기를. 두 아이의 치료 예후를 단언하기 어려웠지만 부친께 그렇게 말씀드릴 수밖에 없었다. 희망이 중요하니까. 부친은 주말마다 찾아와 아이들을 보고 갔다.

2006년 당시 우리 장애인 공동체는 요양원과 재활원 두 개의 시설에 물리치료실이 지금과는 달리 하나뿐이어서 물리치료사 두 명이 한 장소에서 근무했었다. 선임 치료사와 나는 이들을 정말 열심히 치료했다. 앉히기, 무릎 서기, 스트레칭, 좌우 대칭 훈련, 네 발 기기 등등. 하지만 1년이 지나도 아이들은 서지 못했다. 우리가 아동 전문 치료사가 아니어서 이렇게 더딜까 하는 의구심이 들어 대학병원 소아 물리치료실에서 일하는 동창에게 가서 치료법을 배워와 아이들에게 적용했지만 이 역시 가시적인 성과가 없었다.

그런데 또 한 해가 지나 아홉 살이 되자 두 아이는 제 발로 섰다. 그것도 동시에! 이 동시적인 변화를 보며 우리는 깜짝 놀랐다. 아마도 이들만의 발달단계가 이렇게 만들었나 보다 하고 생각했다. 이것은 치료의 힘이라기보다는 자연의 힘, 하늘의 힘이었다. 우리는 너무 기뻐 절로 감사의 기도를 드렸다.

처음 그 순간을 잊지 못하겠다.

쌍둥이가 걸어서 치료실로 온다. 뒤뚱뒤뚱 위태로워 교사의 손을 잡았지만 어엿이 제 발로 걸어 들어온다. 아이의 손을 처음 넘겨받는 순간은 지구 창조의 순간이었다. 품에서 품으로 옮겨지던 아이가 손에서 손으로!

그 후로 아이들의 걸음은 날로 좋아졌다. 키는 대여섯 살 어린이의 키까지 자랐다. 걸어와 책상에 앉아 인지력 향상을 위해 작업치료를 받고 평행봉에서 걷는 연습을 한다. 이제는 런닝머신을 이용해서 빨리 걷기를 한다. 하지만 걸음 모습은 여전히 뒤뚱거려 몸통이 다리와 한 번에 돌아간다. 또한 편평족 발바닥이 여전하여 정형구두를 신겨야 하나 생각중이다.

걷게 되었으니 분명 축복인데 언어는 전혀 진척이 없어 아직도 옹알대고 또, 종일 기저귀를 차야만 한다. 열 살이 되었어도 이 부분에 발달이 없는 모습을 보면서 마음이 복잡했다. 이 귀여운 쌍둥이에게 왜 이런 일이? 기실 우리의 삶이란 축복의 양탄자 위를 걷는 일이 많지 않은 것 같다. 나만 해도 편함보다 불편함이 더 많았다. 생이 축복이라고만은 할 수 없는 과정들이다. 하물며 이 쌍둥이들의 삶이란 더욱 그렇게 보인다.

이 세상에 사람으로 난다는 것은 축복일까 재앙일까? 일곱 살이 되도록 기저귀를 차고 기어 다니는 두 아이를 치료하면서 혼란스러웠다. 여타 생물들은 발이 넷이어서 어렵사리 두 발로 설 필요도 없다. 기저귀는커녕 옷도 입힐 필요가 없으며 그릇도 수저도 필요 없다. 헌데 우리 인간은 이 모든 것을 가려야 하고 행여 발달장애라도 있어 저 혼자 두었다간 상상도 못할 삶을 살아야 하지 않는가? 아, 이 두 아이는 남은 평생을 어쩌란 말인가?

하지만 삶을 두고 축복이니 재앙이니 하는 가치판단을 하고 싶지 않다. 아니 해서는 안 된다. 이런 식의 잣대는 우리 삶에 아무런 도움이 안 된다. 우리는 어차피 인간으로 태어났고 세상에 난 이상 스스로의 힘으로든 타인의 도움으로든 더 나은 삶을 위해 노력할 뿐이다. 그것이 삶을 희망으로 혹은 행복으로 이끄는 길이려니.

눈앞에 보이는 이 장애를 당사자인 두 형제는 전혀 모른다. 그런 아이들에게 가치판단을 부여하는 것은 차라리 죄악이다. 바라보는 내 마음이 속상하고 안타까울 뿐, 두 아이는 그저 덤덤할 뿐이다. 아이들의 얼굴엔 어두운 표정이 없다. 오히려 자주 웃는다. 불행이라는 걸 모르는 인지력 장애가 오히려 축복이고, 통증 역치가 높아 여간해선 통증을 못 느끼는 것 역시 차라리 복이겠다. 쌍둥이라서 귀염 받아온 평생 또한 그럴 것이다.

그럼 나의 삶은 어떤가? 내게도 얼마나 장애가 많은가? 말이든 행동이든 잘못하고 실수하는 일이 참으로 많다. 그리고 그것들이 내 정신 내 영혼을 얼마나 갉아먹는가? 하지만 그렇다고 해서 내 삶을 저주라고 단정하는 것은 얼마나 위험한 일인가?

그렇지 않은 선한 생활 역시 내 삶에는 존재한다. 가족과 이웃을 위해 노력하는 땀들, 자아발전을 위해 나아가는 열심들은 얼마나 선한가? 그렇다고 해서 내 삶을 축복이라고 단정하는 것 또한 얼마나 편협한가?

삶에 대한 단언적인 가치판단을 하기보다는 삶 자체를 받아들이고 그 하루에 성실하게 살아가는 것, 충실하기까지는 못하더라도, 비록 가끔은 게으르고 반대편 길로 가더라도, 아니 자주 그리하더라도 그 하루를 반성과 감사로 살아가는 것이 차라리 편협하지 않은 길이라고 생각하고 싶다.

두 아이를 치료하면서 많은 생각들이 겹친다. 자신들의 불행을 알지 못하기에 이들이 덤덤하게 살아가는 것처럼, 내 삶의 크고 작은 불행들을 모를 수는 없지만 그것들에 집착하지 않음이 덤덤한 길일지도, 아니 행복을 위한 길일지도 모른다. 어쩌면, 좋은 일에조차 집착하지 않음 또한 그러하리라. 이들을 치료해서 얼마나 나아질지 알 수 없지만 오늘 내가 이들의 재활을 위해 노력하는 모습 자체가 아마도 우리 서로의 행복이리라.

(2009)

그와 나는 치료의 길동무였다

치료란 환자와 치료자가 생의 어느 한 지점에서 잠깐 길동무가 되는 일이다. 이 길동무는 아픔과 회복이라는 생의 근본을 함께하면서 걸어간다. 치료를 위해서라면 누구보다 의지해야 하는 동무로서, 비록 가족처럼 살붙이를 느끼지는 못하더라도 또 다른 깊이로 만나는 사이다.

P씨가 나의 환자가 된 것은 5년 전이다. 나는 물리치료를 받는 우리 시설 장애인에게 환자라는 말을 안 쓴다. 느낌이 환자보다는 가족에 더 가까운 데다가 환자라는 말이 지닌 부정적인 이미지가 싫어서 그렇다. 대신 치료실 이용인이라는 말을 더 좋아한다. 그런데도 굳이 그를 환자라고 말하는 것은 그가 사망할 때까지 마지막 5년간 그와 나눴던 치료 교감 때문이다.

그는 뇌졸중(腦卒中)으로 인한 편마비를 지니고 있어 왼쪽 팔은 아무런 힘이 없어 물건을 쥐지 못하며 왼쪽 다리는 절름절름 걸을 수 있을 정도였다. 다행히 별로 아픈 데는 없었고 일상생활도 씩씩하게 하는 편이었다. 그런데 오십 대가 되더니 체중이 많이 불면서 허리가 아프기 시작했다. 그래서 물리치료실을 찾아왔는데 살펴보니 가벼운 근육통 정도였다. 내 생각엔 최근에 살이 찐 것이 원인 같았다. 그래서 비만관리 프로그램에 참여해서 살을 빼면 허리도 나을 것이라 얘기해 주었다.

알밤 냄새 구수한 전라도 말투로,

"그라지요. 이참에 살 좀 빼지요."

하며 그는 쉬이 동의를 했다.

비만관리에 들어가자 그는 간식을 일절 끊었다. 의지가 하도 강해 밥까지 굶을까 걱정이 되었다. 운동도 열심히 하여 하루도 빠지지 않았다. 다른 이들처럼 런닝머신 운동을 못 하니 평행봉에서 보행 운동을 했다. 한 손은 힘이 없어 다른 한 손만으로 봉을 잡으며 걸었다. 그런데도 얼마나 열심인지 걷기만 하는 데도 땀이 송송 났다.

몇 달이 지나자 체중이 빠지기 시작했다. 나중엔 요통도 사라져서 운동 전에 먼저 하던 치료도 더 이상 하지 않았다. 체지방 측정기로 감량을 확인하면서 그는 대단히 기뻐하였다. 한편, 의무실에서 그의 뇌전증(간질) 횟수가 줄었다는 보고를 하였다. 신체가 전반적으로 건강해진 것이다. 1년 뒤 비만관리회의를 하면서 그를 대상자에서 제외하였다. 목표 체중에 도달하였기 때문이다.

물리치료실에 더 이상 오지 않아도 되었지만 그는 평행봉 운동을 하겠다며 계속 왔다. 어차피 편마비라서 운동이 필요하긴 했다. 다만 치료실이 너무 바빠서 다른 환자부터 보아야 했다.

그 뒤로 몇 년이 지났다. 어느 날 깜짝 놀랄 일을 발견했다. 운동장에서 그가 걸어가는데 발목이 안쪽으로 돌아가더니 걸을 때 발바닥 대신 발등이 땅에 접지하는 모습을 본 것이다. 그렇게 걷다간 발목이 부러질 판이었다.

이 소식을 듣고 나는 서둘러 그의 방으로 치료를 하러 갔다. 골반 주위를 스트레칭하고 하퇴와 발목까지 고루 스트레칭을 했다. 그랬더니 보행할 때 발목이 돌아가지 않았고 식당까지 안전하게 걸어갔다. 하지만 다음날 자고 일어서는데 또 그 현상이 나타났다. 급히 올라가 스트레칭을 해주니 그날은 걸어 다녔다. 그런데 다음 날도 또 다음 날도 아침이면 이런 일이 반복되는 게 아닌가?

스트레칭의 효과는 언제나 그날 하루였고 스트레칭을 하면 그날은 잘 걷는다는 공식이 생겼다. 그 후로 그는 아침마다 휠체어를 타고 치료실에 찾아와 스트레칭을 받고 걸어서 나갔다. 몇 달 동안 그렇게 그의 일과가 이어졌다.

그런데 날이 갈수록 스트레칭 효과가 줄더니 나중에는 스트레칭을 해도 발목이 돌아갔다. 결국 종일 휠체어 생활을 해야 했다. 아무래도 스트레칭만으로는 무리다 싶어 나는 보조기를 염두에 두기 시작했다.

매일의 스트레칭이 이어지던 어느 아침에 그가 이렇게 말한다.

"고 팀장님한테 이렇게 신세를 져서 미안해 죽겠어라우. 집에 가서 동생들에게 얘기해서 수술하고 와야 쓰겄어요."

전에도 미안하다, 고맙다 하는 말을 자주 해서 또 그런 말이려니 했다가 수술 이야기를 듣고 깜짝 놀랐다. 수술까지 할 필요는 없다 해도 막무가내다. 그래서 보조기 얘기를 꺼냈다. 보조기를 맞춰 신으면 많이 나아질 것이라 하니 그제야 수술 얘기가 누그러든다.

이렇게 시작된 보조기 맞춤 작업은 그 후 한 달여 걸려 끝났다. 정부의 〈장애인 보장구 지원 사업〉을 받아야 했기에 병원에서 관공서로, 관공서에서 신발 제작업체로, 우리는 그 어떤 동무가 되어 함께 길을 오갔다. 드디어 그의 발에 맞는 정형구두와 보조기가 도착했고 그는 식당까지 다시 걷게 되었다!

그가 이렇게 회복되고 끝났으면 아마 이 글을 쓸 생각을 못 했을 것이고 길동무니 나의 환자니 하는 말도 하지 않았을 것이다. 이렇게 다시 걷나 했더니 그것도 잠깐이었다. 어느 순간부터 뇌전증이 다시 심해지고 한 번 발작을 하면 대발작을 하여 병원을 수시로 오갔다. 보행은커녕 일어나 앉는 것도 힘들었다. 이제는 발목이 문제가 아니라 전신 쇠약이 문제였다. 결국 그는 더 이상 걸을 수 없었다.

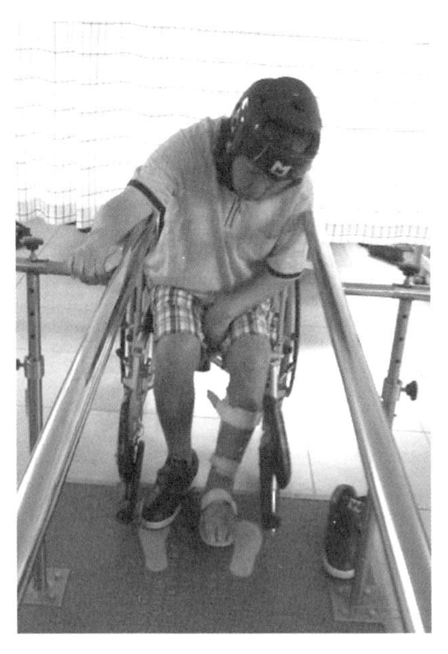

걷기가 사라진다는 것은 우리 사람에게는 정말로 심각한 일이다. 그때부터 급속한 생의 하락이 시작되기에 어떻게 해서라도 걸어야 한다. 결국 그가 걸을 수 있는 곳은 오직 한 곳, 평행봉에서 뿐이었다. 그래서 담임교사와 상의한 끝에 평행봉 운동치료를 재개했다. 두꺼운 보호용 모자를 쓰고 그는 매일 평행봉 보행연습을 했다. 내가 뒤에서 따라가며 넘어지지 않도록 균형을 잡아주었다.

이렇게 2년 남짓 운동치료를 했다. 당시 그는 신세져서 미안하다느니 고맙다느니 하는 말을 얼마나 많이 했는지 모른다. 한 번은 평행봉 운동 중 넘어진 일이 있었다. 급히 일으키며 죄송하다고 했더니 그때도 그는,

"아니요, 지가 으, 을매나 고, 고마운 데요."

하며 오히려 나를 위로했다. 횟수만으로도 나는 평생 들어볼 감사를 그에게 다 들었다. 그의 감사는 가난한, 낮고 순박한 것이었다. 그러나 일개 돌팔이 치료사인 내게는 과분하고 귀한 것이었다. 나

는 타인의 칭찬에 대해서 둔하고자 하는 사람이다. 칭찬에 취하면 반드시 반대의 상황이 발생하기 때문이다. 그의 감사 역시 당연히 둔하게 들으면 되겠지만 시골 농부 같은 그의 순박하고 진실한 마음을 거절하고 싶지 않아 깊이 들여놓았다.

계속된 운동에도 그의 체력은 호전될 기미를 보이지 않았다. 뇌전증이 일어날 때마다 체중이 빠졌다. 발작이란 그만큼 온몸의 에너지를 빼앗는 것이다. 그러더니 나이 육십도 되지 않았는데 어느 날 병원에 가서 영영 돌아오지 않았다.

장례식장에서 그의 영정사진을 바라보자니 그와의 치료 교감이 오갔다. 그와 나는 치료의 길동무였다. 약이나 수술로 만나는 치료동무도 있겠지만 그와 나처럼 몸으로 만나는 치료동무도 있다. 비만관리로, 보조기 건으로, 스트레칭과 평행봉 운동까지 우리는 생의 위태로운 순간마다 몸으로 만났다. 그때마다 교차했던 공감들—회복의 기쁨과 재발의 아픔, 그리고 그 순박했던 언어들이 가슴 깊다.

그의 가난한 마음이 나를 놓지 않는다. 그래서 나는 그를 온전한 나의 환자로 품으려 한다. 그 순박한 고마움과 진실함에 내가 오히려 고마운, 영원히 치료할 나의 환자로.

(2015)

내 몫

이제부터 아주 진부한 이야기들을 하련다. 물리치료사로 입사한 직장에서 원래의 나의 몫은 당연히 물리치료인데 지금 말하려는 것들은 전부 그 외의 이야기들이다. 누가 알아도 되고 몰라도 되는 그런 것들이며, 내가 해야 할, 어쩌면 안 해도 될, 어떤 것은 나만이 할 수 있는 일들이다.

아침에 회사에 도착하면 운동장의 소나무 그늘을 바라본다. 거기에는 아침이면 한결같은 풍경이 있다. 전동휠체어를 탄 Y씨가 출근하는 직원들을 바라보며 눈인사를 기다리는 것이다. 축령산에서 뻗어 나온 자락 낮은 봉우리들이 빙 둘러서서 그녀를 호위하는 아침에 나는 일부러 손을 흔들어 몸인사를 한다. 그녀도 불편한 낮은 어깨로 양손을 흔든다. 뇌성마비로 두 어깨를 잘 들지 못하지만 반가움에 애써 들어올린다. 나를 기다리는 얼굴로 있다가 방긋 웃음이 일어나는 그 모습이 내게는 출근 도장이다.

U씨는 아침 9시면 온다. 그 시간이 아니면 운동을 안 하려 하니 청소시간이지만 런닝머신 전원을 켜 준다. 비만도(BMI)가 30이 넘어 반드시 운동을 해야 하는 분인데도 운동을 싫어해서 나는 특별한 수단을 동원하여 운동을 유도한다. 바로 술래잡기다. 어디서든 그녀를 보면 숨는다. 그러면 두리번거리면서 날 찾아내고 박장대소를 한다. 치료실로 오는 것이 재미있도록 해주는 이런 놀이는 매우 효과적이다(이 책의 「치료 말고 놀기」 편 참고).

S씨는 목과 허리 디스크로 치료를 받는데 잘 걸으니 치료 외에 나의 몫은 없다. 오롯이 내 본래의 몫만 하면 된다. 뇌성마비인 몸에도 20대 초반에 장충단 공원에서 리어카 장사까지 했던 분이라 옛날 시절담을 거드는 일이 내 몫이라면 몫이다. 생밤을 리어카에 싣고 팔았는데 그렇게 해서 모은 100만 원을 아는 사람에게 빌려주었다가 그가 도망치는 바람에 한 푼도 돌려받지 못했다. 그때 한 달 동안 울었다고 그는 나에게 말했다. 그 외에 그의 가슴 아픈 시절 이야기가 이 책의 「노을빛 엽서」 편에 적혀 있다.

J씨는 다리를 절며 들어온다. 작년에 우측 어깨에 동결견이 와

서 치료 중인데 이제는 치료 마무리 단계다. 점잖고 예의 바른 어른인데 잘 씻지 않아 몸에서 냄새가 난다. 여기에 나의 몫이 생긴다. 바로 그의 목욕 습관을 고치는 일. 치료 오시는 날은 대충 씻지 마시고 꼭 비누로 목욕을 하고 오시라고 단단히 당부를 드린다. 그러면 다음 날은 확실히 다르다.

이런 일은 또 있다. 소주 폭음 습관을 버리지 않았던 D씨는 물리치료를 받으면서 습관을 고쳤다. 나는 뒤늦게 선생으로부터 그가 내 말을 듣고 폭음 습관을 고쳤다는 사실을 들었다. 그제야 보잘것 없는 치료사의 한마디 또한 나의 몫임을 알게 되었다.

런닝머신이나 평행봉 운동을 하는 이들이 하루에 열댓 분 온다. 운동 부족으로 기력이 저하되면 낙상을 당하기 쉽고 질병에 약해지기 때문에 그리 되기 전에 부지런히 운동을 유도해야 한다. 치료적 운동은 물론이고 예방 운동이 꼭 필요한 사람을 놓치지 않으려면 생활관 교사들과의 긴밀한 협조가 필요한데 바로 이것이 나의 몫이다.

그래서 시설의 치료사는 전문성을 강조한답시고 배타적이 되어선 안 된다. 그러면 타 부서와 소소한 대화가 막혀 이런 사람들을 놓칠 수 있다. 언제나 타 부서와 동류의식을 가지고 장애인들을 돌봐야 한다. 나는 생활관 교사도 몇 년 해봐서 이런 협조가 수월한 편이다. 그래서 장애인 공동체의 치료사라면 생활재활교사를 해볼 것을 추천한다. 업무 협조에 도움이 되는 것은 물론이요, 장애인에 대한 이해에도 깊이 다가가는 일이기에 더욱 그렇다.

L씨는 한쪽 손과 발을 못 써서 절름거리며 들어와 고정식 자전거 운동을 한다. 작업장에서 일을 하는데 요즘 코로나19 사태로 일을 쉰다. 혼자 스스로 잘하는 이런 분들에게 별도의 내 몫은 없다. 즐겁게 찾아올 수 있도록 편하게 해드리는 것만이 내가 할 일이다.

10시면 전동휠체어가 한 대 들어온다. 최근 발병한 허리의 척추협착증으로 고생하는 P씨다. 치료 침대로 옮기려면 일어서는 그의 몸을 잡아줘야 한다. 그렇지 않으면 뇌성마비가 심해서 균형을 잃고 쓰러진다.

그는 발가락으로 말을 한다. 많이 나았는지 물어보면 발가락으로 끄덕끄덕하거나 아니라고 휘휘 젓는다. 이른바 족어(足語)다. 입도 손도 쓰지 못하지만 발가락으로 대신 해낸다. 전동휠체어를 발가락으로 운전하는데 아주 능숙하다. 또한 발가락으로 글씨를 써서 공동 시집까지 냈다. 대단한 인간 승리가 아닐 수 없다. 얼마나 많은 노력을 했을까? 그의 자주 벗겨지는 덧버선을 발에 신겨줄 때마다 세상에서 제일 귀한 발가락을 본다.

치료 두 달쯤 지나서 그가 발가락 편지를 써왔다. 이 글을 쓰기 며칠 전이다.

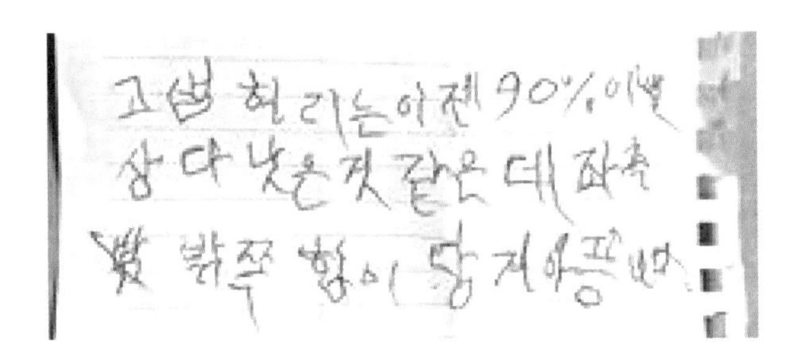

고섬 허리는 이젠 90% 이상
다 낫은 것 같은데 좌측
발목 항시 당겨아픔

발가락으로 썼다고는 믿기지 않을 정도로 잘 썼다. 발가락으로 쪽지를 집어 내게 건네주면서 발끝으로 내 허벅지 측면을 톡톡 치며 편지 속의 아픈 자리를 확인시킨다.

치료가 끝나면 그를 휠체어에 앉히고 그의 오른 팔꿈치를 휠체어 뒤편에 있는 보조 손잡이에 걸어줘야 한다. 그래야 안정된 자세로 운전을 하고 다닐 수 있다. 그러면 내가 할 일은 끝난다.

그러는 사이 다른 침대에서는 전기치료가 끝났다는 신호음을 보낸다. 잠깐 기다리라고 할밖에 도리 없다. 그래도 혼자 눕고 혼자 신을 신는 사람은 고마운 사람이다. 물리치료 이용인의 60%는 이런 분들이니 다행이다. 오후에도 이런 일들이 반복되고 우르르 별도의 내 몫이 생기다가 사라진다. 어쩌면 본업인 치료보다 치료 외적인 몫이 더 많을 것 같다.

이 기회에 하고 싶은 얘기가 있다. 장애인복지시설은 이용인이 30명이든 100명이든 물리치료사가 시설 당 한 명으로 책정되어 있다. 그 이상은 예산 지원을 해주지 않아 어쩔 수 없이 혼자 일해야 한다. 이 나라의 열악한 복지 수준의 한 단면이다. 그 어려움을 이루 말해 무엇하리요 만은 세월이 흐르면 바뀌리라 믿고 싶다.

종일 내 몫을 수행하면 몸이 피곤할 법도 한데 이젠 전혀 그렇지 않다. 더구나 식사시간 임박 30여 분은 아예 환자가 없어 푹 쉰다. 나는 내 몫을 즐긴다. 다 내가 발발이인 탓이다. 병원의 치료실에서 일할 때는 얼마나 답답했는지 모른다. 하지만 여기선 그렇지 않다. 친구처럼 농담하고, 식구처럼 나눠 먹고, 내 몸처럼 신을 신긴다. 흘러간 노래를 주고받을 때면 생기가 돌고, 어쩌다 같이 놀러 갈 얘기라도 하면 그 주제로 삼 일이 간다.

언젠가 이 직장에 온 지 얼마 지나지 않아 이전 직장(노인복지관)에서 후임으로부터 전화가 왔다. 내 뒷자리가 많이 힘들다고. 상황이 이해 가서 미안했다. 치료에 레크레이션 진행에 노인대학 강의까지 했으니. 재능이 있으면 당연히 기부하는 것이 시설 근로자의 자세라고 생각해서 재능을 탈탈 털어 일했다. 내 후임은 그래서 아마 힘들었나 보다. 그렇지만 체질대로 해야지 어쩌겠는가? 이게 다 내 몫이다. 좋아라 찾아온 이 공동체에서 나는 지금도 이렇게 내 몫을 챙기는 중이다. 그네들이 좋아하고 내가 좋은 걸 어쩌랴?

(2020)

치료 말고 놀기

놀 때는 노는 척만 해서는 오래 갈 수 없다. 같이 흥분하고 웃고 울어야 한다. 진심을 가지고 놀이에 몰입해야 그 일원이 된다. 언젠가부터 이용인(시설 입소 장애인을 지칭하는 용어)들과 '놀기' 시작했다. 직원으로 일을 하러 와 놓고선 장기판에 섞여 놀고, 숨바꼭질과 뜀뛰기를 하며 논다.

숨바꼭질 동무들은 멀리서 나를 보면 가만히 지켜보다가 내가 숨는 시늉을 하면 얼씨구 달려온다. 어엿한 성인들이 천진난만한 웃음으로 막 달려온다. 숨는 척만 할 뿐 꽁무니를 들켜주는 것인데도 반응이 한결같다.

운동을 싫어하는 두 분이 이렇게 해서 기꺼이 비만관리 운동을 하러 물리치료실에 온다. 살을 빼겠다고 오긴 오는데 런닝머신을 하러 오는 건지 나랑 놀려고 오는 건지 그 속까지는 알 길 없다. 들어오자마자 이 인간 어디 숨었나 둘러본 후 운동을 시작한다. 하긴 수틀리면 몇 날이고 안 오는 걸 보면 놀러 온다는 심사도 있는 것 같다.

장기를 두는 일도 진심이어야 함은 마찬가지다. 공동체 전체에서 장기를 둘 줄 아는 장애인이래야 다섯 사람밖에 되지 않는다. 이용인 끼리만 장기를 두다가 직원이 가세하니 더 재밌어라 한다. 점심 휴게시간이면 낮잠을 자는 게 꽤 오랜 나의 습관이었는데 그들과 장기를 두다 보니 습관이 바뀌고 말았다. 그러다가 지금은 모두가 인정하는 장기 패거리가 되고 말았다. 이 패거리끼리 캠핑도 가고 영화도 보러 가는 사이가 되었다.

장기 실력이 한 수 위였던 형님이 요즘 들어 나한테 자꾸 지니까

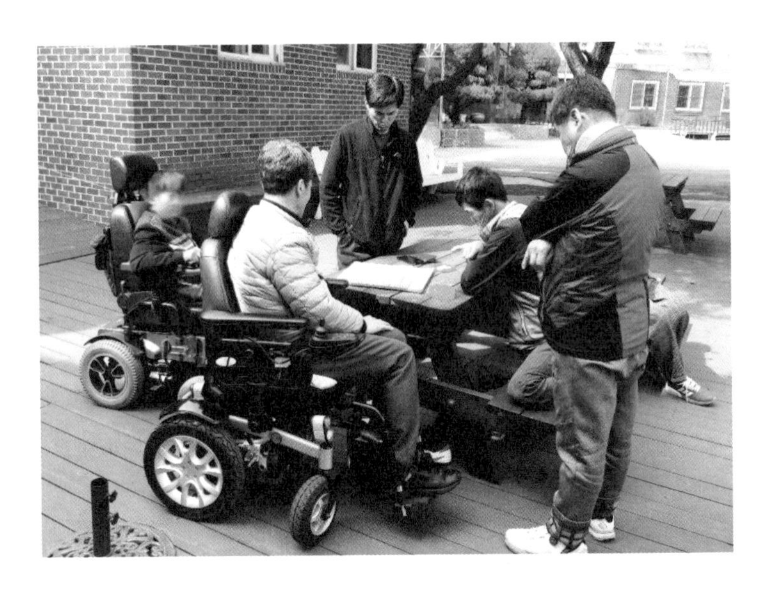

경상도 말투로 푸념을 한다.

"너무 키와줬네."

그래서 내가,

"키워주긴 누가 키워줘요?"

하니 형님은 두 눈을 부릅뜨고, 뭐라꼬? 한다. 구경하던 이들 더불어 왁자지껄 웃어지면 드디어 결투가 시작되는 것인데, 사실 가르쳐 준 거라고는 빗장 밖에 없지만 그동안 많이 둬 준 것만으로도 스승은 스승이니 결국 나는 꼬리를 내린다.

이용인들은 함께 노는 것을 좋아하지만 놀 상대가 많지 않다. 여긴 사람들이 많은데 왜 그럴까? 사람이 많다고 놀 사람도 많은 건 아니기 때문이다. 직원들은 일에 바빠 그들과 놀 시간이 사실상 없다 해도 무방하다. 식사를 돕고 청소를 하고 프로그램을 진행하고 서류 작성을 하고 야근을 하다 보면 하루 5분도 여유시간이 나지 않는다. 차분하게 이용인들과 정서적인 대화를 나누려면 마음 단단히 먹고 시간을 할애해야 가능하다. 어쩌다 그들과 '노는' 일이 생기면 특별한 휴게 시간이 주어지는 것만 같다.

이용인들은 그들대로 함께 놀지 못하는 사정이 있다. 신체 움직임이 떨어지다 보니 참여보다는 관찰을 더 좋아한다. 또한 대화 능력이 부족한 지적장애인들은 대체로 혼자 지낸다. 옆에 누가 있든

없든 마찬가지다. 소수의 이용인만이 '모여 놀' 능력이 되지만 그들 역시 공통분모가 적어서 '놀' 기회가 적다.

그래서 우리 공동체에선 여러 프로그램을 구상해서 공통분모를 만들려고 애쓴다. 생활 운동, 미용, 공작, 음악, 사회 적응, 스포츠 등등 수십 가지나 된다. 직원이라면 누구나 이를 의무적으로 구상해서 실행해야 한다. 조금이라도 일할 능력이 되는 장애인은 작업장에서 일을 한다. 아주 기초적인 가내 수공업 정도의 일이지만 이들은 너무나 좋아한다. 이렇게 하지 않으면 이 공동체는 일 년 내내 무료한 세상이 되고 말 것이다.

남이랑 같이 놀 만한 인지력이 되지 않는 사람들을 바라보면 참 외로워 보인다. 나로서는 이들이 자신의 의지와 관계없이 무인도에 남았다고나 할까? 그런 느낌이다. 물론 외롭다는 것은 어디까지나 관찰자의 시각일 뿐, 정작 그들이 외로워하거나 소외감을 느끼는 것 같지는 않다. 그래도 같이 놀 때 즐거워하는 표정을 보면 그들 역시 사회적 존재임이 분명하다.

언젠가 한 휠체어 여성이용인과 점심시간에 잠시 대화를 나눈 적이 있다. 그녀가 어떻게 해서 이 공동체까지 왔는지 하는 이야기였는데 그녀는 말미에 이런 말을 한다.

"이렇게 이야기를 들어줘서 고마워요."

얼마나 대화에 목말랐으면 이런 인사를 다 할까 하는 생각이 들었다.

이 공동체에 일을 하러 오긴 했지만 장애인을 일의 대상으로 여길 것이 아니라 벗으로 지내야 하는구나 하는 생각이다. 벗이란, 세상사는 얘기도 좀 하고 놀기도 좀 하는 그런 사이겠다. 며칠 전 우리 장기 동무 한 분이 이런 말씀을 한다.

"네 시에 우리 방에서 내 생일 파티를 하는데 올라와."

또 어떤 분은 어느 비 오는 날 전화를 해왔다.

"몇이서 부침개를 부쳐 먹는데 잠깐 오세요."

그렇다. 벗이다. 우리는 벗인 것이다. 삶의 소소한 마당에 한데 모여 빗질도 하고 놀이도 하는 그런 사이 말이다.

'논다'는 말은 가벼우나 결코 천박하지 않다. 이 글에서 사용하는 '논다'는 말은 벗이 된다는 의미에 다름 아니다. 그렇기에 '일'만큼이나 '놀기'도 중요할 성싶다. 그걸 이제야 알았다. 여기서 일한 지 15년이나 지났으니 늦어도 너무 늦었다.

직원은 이들의 행복을 돕는 존재다. 그들과 동화되어 함께 살아가는 마음이 우리 공동체 직원의 근원되는 자세다. 물론 생각만큼 쉽지 않다. 저녁이면 퇴근해 버리는 내가 어디까지 동화될 수 있겠나?

얘기가 좀 심각해졌는데 뭐, 다 차치하고, 아무튼 나는 이들과 노는 게 좋다. 내가 놀기를 좋아해서 노는지 행복을 도우려고 노는지도 실은 잘 모르겠다. 다만 그 순간만큼은 순수하게 인간 대 인간으로 만날 수 있기에, 직원이니 뭐니 하는 껍데기가 사라지기에 좋다.

(2019)

아이쿠야! 세 번째_나 집에 갑니다

그는 그리움의 사람이었습니다. 홀로 있기를 좋아했고 휠체어에 앉아 먼 산을 바라보거나 목발을 짚은 채 운동장 한쪽에 머무르곤 했습니다. 때때로 집과 부친을 그리워했습니다. 차로 한 시간 거리에 부친이 살아 이따금 집에 다녀오곤 했습니다. 그의 부친은 연로하셔서 우리 복지시설로 면회를 오지 못하셨기에, 장애인인 그가 목발을 짚고 택시를 타고 집으로 가야 했습니다.

그는 집에서 부친과 살던 날들을 자주 회상했습니다. 나면서부터 두 다리가 가늘고 손가락이 굽은 뇌성마비 아들을 치료하려고 부친은 어려운 형편에도 많이 노력하셨다는군요. 몇 해 전 아버지가 돌아가셨을 때 그는 부박한 세월을 슬퍼했습니다. 이따금 물리치료 도중에 부친 얘기를 하다가 울먹였어요. 남은 혈육은 이제 동생들뿐이라면서요.

그는 나의 단짝이었습니다. 나하고 두 살밖에 차이가 나지 않아 우린 서로 너나들이 했지요. 물리치료 순번 1번. 10년간 매일 첫 손님이 그였습니다. 요통과 오십견을 치료했는데 그 정도면 다 나았는데도 매일 왔어요. 그만 와도 된다고 하면 씩 웃으며 안 돼, 합니다.

그는 외따로 멀리 보이는 작은 섬 같은 사람이었습니다. 나이 50이 넘도록 친한 사귐이 없었지요. 물리치료가 끝나면 운동장에서 오가는 사람들을 구경하다가, 매점에 가서 과자 하나 사들고 방으로 돌아가 TV를 보며 하루를 보냈지요.

언젠가 그에게 딱 한 사람만 친구를 만들어 보라고 권했습니다. 매점에 한 번만 같이 가면 된다고 하면서요. 하지만 싫답니다. 그렇다고 그가 누굴 싫어하느냐 하면 그렇지는 않습니다. 다른 사람과 다투는 일이 없어요. 누가 귀찮게 해도 에이 왜 그래, 하며 인상 한 번 쓰고는 뒤로 물러나고 맙니다.

그래도 나름 명랑하게 살았습니다. 물리치료실을 오갈 때도 아침인사를 하는 표정이 해밝았어요. 오롯이 오늘의 삶을 즐기는 편이었고 그 모습이 수수해서 대하기 참 편했습니다.

그런데 부친이 돌아가신 후 그는 뒷모습이 쓸쓸한 사람이 되었습니다. 점점 말수가 줄어 갑니다. 나중에는 대화를 시도해도 묵묵, 가끔씩 한숨만 푹푹. 그에게 부친은 존재감이 무척 컸나 봅니다. 아마도 이 세상에서 그가 먼저 말을 거는 유일한 사람이었을 것 같습니다.

그러던 어느 날 그는 기십 년 한 곳 생활의 지루함과 단체 생활의 불만을 토로하더군요. 그 불만이라는 게 알고 보면 이해할 수 있는 일이거나 세상사 다 그런 거라고 치부할 수도 있는 일들이었는데요. 심경에 뭔가 변화가 일어나고 있음이 분명했습니다. 부친이 돌아가신 후 현실이 싫어지는 것이겠지요. 하지만 이해합니다. 어쩌면 나라도 그럴 것 같아요.

어느 날 퇴근 시간이 되어 집으로 가는 나를 보고,

"집에 가? 야, 좋겠다!"

하며 썩소를 짓더군요. 그러고는 휠체어를 돌려 방으로 가는 그의 뒷모습이 그날따라 더욱 쓸쓸해 보였습니다. 변화나 희망이 없이 돌고 도는 삶이란 이런 걸까요?

보다 못한 나는 그를 인근 식당으로 모시고 나갔습니다. 축령산 입구의 경치 좋은 식당에 가서 점심 한 끼 나누고 동동주 한 잔 따르니 좋아서 함박웃음입니다. 달마대사 같이 양 볼이 봉긋 올랐지요. 그래서 이젠 좀 나아지려나 기대했지만 휴, 그때뿐이었습니다.

그러던 어느 날 뜬금없이 하는 말이 퇴소해서 혼자 살겠다는 겁니다. 깜짝 놀랐습니다. 두 손 두 발이 다 성치 않은 그가, 말도 어눌한 그가, 돈도 없는 그가 말이죠. 지금이야 자립에 대한 개념이 익숙하고 사회적 지원도 나아져서 자립을 적극적으로 돕지만 그때만 해도 그저 걱정이 앞서던 시기였습니다. 나가면 고생문이 훤할 테니까요.

어디 갈 데 있냐 했더니 아직 없다, 돈 있냐 했더니 별로 없다, 합니다. 동생들이랑 살거냐 했더니 싫다 합니다. 어허, 이거 참 뭔 일 이래, 하며 나는 말렸습니다. 우리 시설에서 이미 자립한 사람이 몇 있는데 그걸 보았겠지요. 그들이 나가서 그럭저럭 살아간다고는 소식이 오는데 그래도 걱정 반 기대 반이었을 때입니다.

자립을 생각한 이후 그는 더욱 침울해졌습니다. 그래도 물리치료는 하루도 빠지지 않네요. 여전히 순번 1번인데 아이쿠야, 온다는 인사도 간다는 인사도 없습니다. 내가 말을 걸어 간신히 인삿말이나 얻어 듣는 정도입니다.

처음엔 부친의 사망 때문에 잠시 저러는 것이겠거니 했다가 점점 우울해지고, 거기에 자립이라는 화두가 던져지면서 우리도 그냥 바라만 볼 수는 없었습니다. 현실을 떠나고 싶은 그의 마음이 자립이라는 결론에 이르렀으니 이제는 다른 무엇도 치유책이 될 수 없음을 우리는 알았습니다.

그리하여 교사들은 그의 자립을 준비하기 시작했습니다. 그를 돌볼 사람이 나타났는데 우리가 잘 아는 아주 모범적인 전직 직원이었습니다. 드디어 1년 후 2014년 12월 그는 자립을 하게 되었습니다.

떠나는 날 장애인, 교사 할 것 없이 모두 운동장에 나와 배웅했습니다. 정든 이의 앞날이 걱정 되었지만 돌봐줄 지인이 누구인지 아니까 조금 안심이 되긴 했죠. 나이 50이라는 인생티백으로 현실을 그럭저럭 우려낼 거라는 생각도 들었고요. 대표이사님께서 마지막으로 한 말씀하시라 했더니 고마웠다는 한마디뿐이네요. 대신 씩 하는 특유의 웃음으로 많은 인사말을 대신했습니다.

그러고는 소 달구지만한 용달차에 휠체어와 목발 그리고 몇몇 세간을 싣고 떠났습니다. 입을 꼭 다문 채 눈망울 가득 물빛을 스치며 말이죠. 부친 사시던 그리운 집에 가는 심정까지는 아니더라도 새로운 생활에 대한 기대감과 약간의 두려움을 지니고요. 이제부터 그의 길이 덜거덕거리더라도 해밝기만 했으면 좋겠네요.

퇴소 며칠 전 우리는 서울 양재동 아트홀에 가서 공연을 보고 외식도 했지요. 비록 초라한 식사였지만 그는 행복이 한가득 했습니다. 내가 같이 공연 보러 가자고 했을 때 무거웠던 그의 표정이 순간 환하게 바뀌는 걸 보았습니다. 입이 함박, 벙글 웃더군요. 멀리 떠나는데 누가 밥도 안 사주나 하고 실망하고 있었을까요? 아무튼 이래서 덩달아 나도 위로가 되었으니 알고 보면 이게 다 날 위함인지도 모릅니다.

이제, 그가 가고 없는 물리치료 1번 자리는 다른 사람으로 채워졌습니다. 만나고 헤어지고⋯⋯ 나는 언제까지 이 자리를 지킬 수 있을지. 그가 떠난 빈 침상에 핫팩 하나 놓아 봅니다.

(2014)

아이쿠야! 네 번째_부채춤을 다!

연두색 당의풍 한복 저고리와 진분홍 통치마를 입자 여직원들이 내 얼굴에 연지곤지를 찍어줍니다. 각시 분장을 해야 한다지만 이렇게까지? 한 달 뒤가 장애인의 날(4월 20일)인데 직전 토요일인 4월 15일에 장애인의 날 기념식이 열립니다. 보호자들이 면회 오기 좋도록 토요일에 맞춰 하는 거지요.

우리는 이 날의 단골 메뉴인 직원공연을 준비하는 중입니다. 여자 17명에 남자 3명, 그중에 한 명이 바로 나! 올해는 부채춤을 기획했는데 재미를 돋우려고 남자를 포함시키고는 하필 나를 뽑았답니다. 얼굴이 예쁘장한 남자로 골랐다나 뭐라나? 에이, 기분 별로.

오늘이 연습 첫날입니다. 여직원들이 내 얼굴에 예쁜 화장을 해주고 마지막으로 머리에 족두리를 올려주는데 순간, 이마가 서늘해지더니 아이쿠야, 식은땀 한 방울이 주루룩 이마를 타고 흘러내리는 것이었습니다! 식은땀을 난생 처음 흘려봤습니다.

'이거 장난이 아니네. 아이고 창피해, 이를 어쩌나!'

연습하는 내내 웃음보따리였습니다. 운동장에서 연습을 하노라면 오가는 장애인들이 여자 한복을 입은 나를 보고 저마다 배꼽을 잡고 웃었습니다.

이윽고 한 달 뒤 열린 장애인의 날 기념식, 우리로선 연중 가장 큰 행사입니다. 만국기가 펄럭이고 풍선 장식 가득한 우리 운동장은 4월인데도 단풍처럼 울긋불긋합니다. 맑은 햇볕 아래로 그간 장애인들이 만든 도자기나 포토샵 작품들을 전시하고, 봉사자 후원자들에게 드리는 엽서 나무도 세워 손때 묻은 엽서들을 가득 걸어놓았습니다. 그 옆에서는 우리의 일상을 담은 수백 장의 사진을 보여주는 전시회를 합니다. 식당과 강당에서는 근사한 뷔페 준비가 한창이고요.

아린 마음을 달래며 찾아온 보호자들은 혈육의 손을 잡고 운동장을 오가며 이 모든 것을 구경합니다. 200여 장애인 중 보호자가 있는 분은 10%가 채 안 됩니다. 운동장의 축제 같은 분위기와 장애인들의 밝은 표정을 만나면서 그 마음들이 조금은 편안해지기를 바라는 것이 우리의 솔직한 심정입니다.

마음을 공유하고자 마련한 보호자 모임 시간은 희망의 미래를 준비하는 시간이 되곤 합니다. 보호자들 중에는 오늘 같은 행사에서 해마다 만나는 사이도 있고 처음 보는 사이도 있습니다. 그들은 이 시간을 통해 꼭꼭 숨겨 놓은 아픔을 공유합니다. 서로의 사정을 듣고 앞으로의 계획을 이야기하다 보면 아픔을 굳이 숨기고만 살 필요가 없음을 알게 됩니다. 삶은 결코 우리를 버리지 않았습니다, 미래는 언제나 있습니다, 하고 믿어지기를 모두가 바라는 거죠.

9시부터 사람들이 무리무리 들어옵니다. 자원봉사를 담당한 중고생 100여 명은 장애인들 곁으로 가고 〈군경 연예인 공연단〉은 연습실로 갑니다. 이 공연단은 벌써 20년째 찾아와 공연을 해주고 있습니다. 이어 군악대 버스가 도착하자 빨간 재킷 단복에 하얀 바지를 입은 군인들이 씩씩한 금빛 관악기들을 들고 내립니다. 이어서 남양주시장을 비롯한 외부 손님들이 속속 도착합니다.

이윽고 식전 공연. 궁중 나인 고운 차림으로 20명의 춤꾼(?)들이 부채 파도를 타며 입장합니다. 남자 셋이 가운데서 헤매니 이를 알

아보는 직원과 장애인들에게서 깔깔깔 난리가 납니다. 한 달간 연습으로 무장(?)이 되어 이젠 그 웃음이 창피하지도 않습니다.

오늘 처음 온 하객들이야 빨간 입술에 연지곤지로 위장(?)한 우리 남정네들을 몰라볼 테니 창피할 일은 없겠지, 했는데 아이쿠야! 들켰습니다. 시장님이 어떻게 아셨는지 남자들도 있다고 일장 연설로 밝히고 말았거든요.

그 후 여러 해가 지났습니다. 해마다 장애인의 달인 4월은 바빴습니다. 간택(?)된 직원들은 해마다 다른 쇼를 펼치기 위해 안무 연습을 하고, 담임교사들은 장애인들을 모시고 삼삼오오 영화 구경 경치 구경 등등을 했습니다. 공연단은 작년에 송해 씨를 모시고와서 공연을 해주었습니다. 90세가 넘은 분이 한 시간 동안 노래를 부르고 입담을 펼치는 모습에 놀랐습니다. 정이 참 많은 분이더군요. 자작곡인 '나는 나는 딴따라, 부끄럽지 않네' 운운하는 노래를 열창할 때는 존경심마저 일더군요.

올해도 며칠 후면 4월입니다. 1981년에 국가에서 장애인의 날을 지정하였고 올해가 2021년이니까 40년이 되었군요. 거창한 기념식과 식전 공연은 코로나 19 사태로 취소됐죠.

15년 전의 부채춤 감동이 자울자울 떠오릅니다. 내가 누구를 위해 생전 처음 여자 한복을 입었는지, 누구를 위해 이마에 식은땀을 흘리며 족두리를 쓰고 부채춤을 췄는지 되새겨 봅니다.

(2021)

제3부

장애인 공동체의 희망이야기

"장애인과 함께 지내면서 겪은 개인적인 체험과
이를 통해 터득한 공동체의 희망이야기"

생활재활교사로

틈틈이 생활관에 가면 일을 돕는 재미가 있었다. 좁은 방에 빙 둘러 앉은 생활재활교사(이하 생재교사)들 틈에 섞여 100켤레가 넘는 양말짝을 맞추노라면 왁자지껄한 그 분위기가 좋았다. 100켤레나 되는 검은 양말들은 모두 비슷비슷해서 짝인가 보다 하고 맞추면 영락없이 아니었다. 내가 바보냐 양말이 바보냐 싸우다 보면 식사 시간이 다가와 도중에 그만두기 일쑤였다. 생활재활의 꽃은 뭐니 뭐니 해도 식사지도지 하며 일어서는 생재교사들의 우스갯소리가 괜히 부럽게 들렸다.

장애인 시설에서는 장애인들과 먹고 자고 함께 생활하는 일이 가장 근본된 일일 것이다. 옷을 입혀드리고 목욕이나 배변 처리를 해드리는 일은 생각만 해도 보람이 느껴졌다. 생재교사가 해보고 싶어졌다. 여기에 생각이 미치자 바로 생활재활팀으로 부서 이동을 신청했다. 물리치료사로 입사한 지 2년 만의 일이다. 아마 2006년

1월쯤이었을 것이다.

돌연 생재교사로 자원하니 다들 눈이 뚱그레져 묻는다, 혹시 팀에 무슨 일 있냐고. 아무 일 없다, 그저 장애인과 가까이 생활하고 싶을 뿐이라고 했다. 나의 이런 마음을 사람들은 선뜻 이해하지 못했다. 전공 업무를 그만두고 월급마저 더 적은 보직으로 옮기는 건 사실 조금 이상하긴 했다. 그렇더라도 기왕에 장애인 시설에 온 바에야 생활도 온전히 같이 해보고 싶었다.

드디어 6개월 후에 38명의 남성 지적장애인을 돌보는 팀에 배정되었다. 생활재활팀에서 나는 오롯이 얼빵한 신참이었다. 처음 반년은 정신이 없었다. 실수 또 실수. 남들은 세 달이면 적응한다는데 나는 반년이 되어서야 겨우 조금 적응했다. 그렇게 시작한 생활재활 일은 혼나고 흉내 내는 가운데 새벽빛 같이 내 삶에 스며들어 나를 바꾸어 갔다.

우선 여성스러워져야 했다. 밥상 닦던 행주로 방바닥까지 닦아버리던 둔한 사내에게 빨래 개고 먼지 닦는 생활일은 서툴고 힘들었다. 특히 여성적이어야 했던 보다 큰 이유는 오밀조밀 섬세한 마음일수록 장애인의 고충을 더 잘 찾아냈기 때문이다. 의사 표현을 제대로 못 하는 이들을 돌볼 땐 그들의 작은 변화도 놓쳐선 안 된다. 표정이나 습관의 작은 변화가 큰 병을 암시할 수도 있기 때문에 조금만 달라져도 이를 알아차릴 수 있어야 한다.

또한 그들과의 생활은 삶을 대신 살아주는 일에 진배없어 일하

며 철드는 나날이었다. 보고 싶은 영화나 좋아할 만한 옷을 고르자니 그들이 무엇을 좋아할지 생각해야 했다. 심지어 밥을 먹여 주는 분들의 경우 어떤 반찬을 먼저 먹을지도 대신 생각해야 한다. 국을 먼저 먹을까, 김치를 먼저 먹을까? 허어, 이 정도면 돌봄을 넘어 대신 사는 일이라 해도 되지 않을까?

생활재활 업무는 식사와 목욕 등의 기본 생활은 물론 각종 나들이와 사회적응훈련 같은 프로그램도 계획해서 시행해야 한다. 게다가 모든 서비스를 서류에 낱낱이 기록해야 한다. 그렇기에 초보자에겐 매우 힘들고 정신없는 나날이고 만다. 또한 개인별 맞춤 돌봄인 개별화 서비스를 지향하기 때문에 개개인의 특징을 파악하는 게 중요하다. 결국 경험이 노하우가 되는 일이다.

돌이켜 보건데 나는 처음 1년간 너무 헤맸다. 당연한 결과다. 부끄러운 얘기지만, 하도 서툴러 내가 왜 이리로 오겠다 했던고 하는 후회를 얼마나 했는지 모른다. 내가 무슨 힘으로 삼 년이나 했는지 모르겠다. 하고 싶다고 무슨 일이든 할 게 아니라 자기가 서야 할 자리에 서야 함을 뼈저리게 느꼈다.

생재교사를 하겠다고 했을 때 나를 말렸던 한 교사의 충고가 첫 1년간 자주 생각났다.

“생재에 가면 오로지 그 업무밖에 못 하는데 고샘은 지원부서에서 자신의 여러 재능으로 남들을 도와주는 게 훨씬 어울려요.”

맞는 말이었다. 당시 직원들이 매기는 직원 평가에서 내가 두 해

연속 최우수 성적을 받았던 것도 그런 이유였다. 그런데 생재교사가 되어서는 최하위를 받았으니 그이의 충고는 예언과도 같았다. 그이는 나중에 내가 그가 속한 팀의 팀장으로 갔을 때 부팀장이 되어 나를 정말 많이 도와주었다. 그 고마움을 나는 지금도 잊지 못한다.

일 년이 지나니 겨우 일이 눈에 보였다. 나 때문에 고생한 장애인이나 직원들에게 참 미안했다. 그 뒤로도 실수가 많았지만 생활관 팀장으로서 보람 있고 재미나게 생재교사를 했다.

몇 년을 해도 적응이 되지 않는 것은 야근과 야근 오프(off)라고 부르는 다음 날의 야근 쉼이었다. 당시만 해도 혼자서 밤새도록 40명의 장애인을 돌봐야 했기에 수면시간이 전혀 없었다. 특히 새벽잠이 깊은 나는 새벽 동이 트는 여섯 시경이 제일 힘들었다. 야근 오프는 야근보다 더 싫었다. 퇴근해서 낮에 잠을 자려 하면 고질적인 두통이 재발했고 낮인지 밤인지 구분하기 힘든 그 상황이 싫었다.

삼 년 뒤 결국 나는 본업으로 복귀했다. 솔직히 말해서 그때 고향 가는 사람처럼 좋았으니 어휴, 조삼모사 원숭이가 따로 없다.

(2008)

형벌 같은 욕망

하찮은 흉내쟁이로 생활재활교사 삼 년을 보냈지만 마치 그 두 배의 시간을 보낸 것 같다. 이 일을 하면서 공유하고 싶은 체험이 많지만 그 중 한 가지만 말해 보련다. 내 생애 최고의 체험들 속에 남지 않을까 생각되는 일이다.

한 번은 백여 명의 장애인들을 모시고 어느 단체의 초대를 받아 서울의 유명 아트홀로 공연을 보러 갔다. 다른 곳에서도 장애인들이 많이 왔다. 큰 비용을 들여 이런 자리를 마련해 주다니 참 고마운 분들이다.

한참 관람하는데 어디서 이상한 냄새가 나서 둘러보니 내 옆에 앉은 분이 대변실금을 해버리고 말았다. 우리 팀의 30대 중반 남성 지적장애인이었다. 가끔 대변실금을 해서 조심했지만 또다시 일이 나고야 말았다. 그것도 고아한 실내공연장에서.

서둘러 화장실로 모시고 갔는데 어느새 대변이 바지를 타고 발목까지 흘러내렸다. 화장실 빈 칸에 들어가 그를 씻겼다. 수건에 물을 묻히느라 칸을 들락날락거리며 변을 닦아주는데 공공 화장실이라 여간 눈치가 보이는 게 아니었다. 제대로 닦였을 리가 없지만 급한 대로 일을 마쳤다. 이미 내 온몸은 땀으로 범벅이 되었다.

이럴 때를 대비해 준비해 간 옷으로 갈아입히고 복도로 나오니 안내원이 지금 못 들어가니 잠시 기다리라 한다. 다행히 복도에는 아무도 없었고 주변에 의자도 없어서 우리는 그 자리에 서 있어야 했다.

안에서는 축사를 하는 소리가 들렸다. 아마 우리를 초대해준 고마운 분들일 것이다. 돌아가며 연설을 하는지 비슷비슷한 내용의 축사가 반복되는데 10분이면 끝날 줄 알았던 연설이 30분이 지나도록 끝날 줄을 몰랐다. 땀과 찝찝함으로 초췌해진 장애인과 나는 그럴수록 더 초라해졌다. 열 명이나 연설했을까, 비로소 끝이 났다. 나는 속으로,

'지명인사들이 여럿 왔나 보다. 나는 여기서 허드렛일을 하고 저들은 저리 출세를 했구나. 헌데 힘든 장애인들을 앞에 두고 뭐 저리 많은 사람이 연설을 하나? 그것도 똑같은 말들을, 너무들 하네.' 하는 생각이 스쳤다.

어차피 같은 말인데 무슨 대표, 무슨 회장, 무슨 위원장, 무슨 위원장 등등 일일이 다 기념사를 하는 이 드러냄이 무어란 말인가?

순간, 위선의 가면을 쓴 세상이 느껴지면서 내가 저 속에 없음이 감사했다. 나도 한때 저 직책의 후보생이 아니었던가?(이 책의 「물리복지사」 편 참고)

생각이 여기까지 미치자 돌연, 저들이 부럽기는커녕 이 값진 일의 최전선에 내가 있음이 너무나 기뻤다. 지금 내가 하는 이 일이 단상의 연설보다 훨씬 더 값지고 귀하게 느껴졌다.

얼마나 꿈꿨던 순간인가? 인생의 행로를 바꾸어 물리치료사가 되고 또 생활재활교사가 된 것은 슈바이처 박사처럼 값지고 보람된 인생을 살기 위해서가 아니었는가? 내 비록 그렇게만 살지는 못하여 욕도 하고 싸움도 하고 또, 어쩌다 난폭운전도 하는 그저 그런 인간이지만 지금 이 순간은 작은 슈바이처가 되지 않았는가?

그날 그 자리에서 행복감이 밀려오는데 말 그대로 '하염없이' 밀려왔다. 파도처럼 연이어 덮쳐 오는 감동이라니! 아마도 평생에 몇 번 겪지 못할 행복감이었다. 우습게 들릴지는 모르겠지만 똥을 닦는 자의 가치와 연설을 하는 자의 가치 사이에서 일순간 하늘과 땅의 격차를 느꼈다.

물론 그렇지는 않을 것이다. 저 연설가들처럼 대범하고 높은 곳을 추구하는 삶도 충분히 가치가 있을 테니까. 단지 순간의 내 감정 때문이었으리라. 그런데 어째서 나는 이런 데서 이토록 보람을 느끼는 걸까? 어째서 나의 욕망은 사회적 성공으로 향하지 않는 걸까?

우리 공동체에는 나눔과 섬김의 가치에 일생을 던진 분들이 있다. 그들은 평생을 장애인들과 함께 살아왔다. 자신의 마음과 재산까지 다 바쳐서. 난 그들을 날마다 접한다. 형벌 같은 욕망을 품은 덕에 그들은 누추한 데 자신을 뉘었다. 늘 긴장하며 사는 건 덤이다. 하지만 그 욕망 덕에 지고의 행복을 경험한다. 나는 감사하게도 그 곁에 있고 그분들이 이루어 놓은 터에서 약간의 땀을 흘릴 뿐이다. 그런데도 평생 한 번 누릴까 말까 한 행복을 경험했다!

2004년 처음 이 공동체에 들어설 때 병원보다 적은 급여를 보면서, 하고 싶은 일을 한다는 점이 그 차이를 극복시켜 줄 거라고 생각했다. 과연 이 가상 급여는 나를 행복하게 해주고 건강하게 해주었다. 그리고 생활재활교사라는 일은 그 정점에 있었다. 지금은 다시 물리치료실로 돌아왔지만 그 삼 년간의 경험, 특히 장애인들과 맺어진 친밀감은 지금까지도 일하는데 커다란 힘이요, 노하우가 되었다. 이런 생활을 직업으로 할 수 있다는 건 축복이다. 대신 나는 가난하다. 그러므로 나의 세상은 공평하다.

(2010)

푸하하, 아직도 야근물이야

2007년 어느 날 저녁 여섯 시, 직원들은 모두 퇴근했다. 오늘은 내가 야근자다. 남자 지적(知的)장애인 38명이 한 층 여덟 개의 방에 나눠 자는 밤, 약간의 긴장으로 시작하여 내일 아침 '퍼펙트 퇴근'을 기대하는 밤이다.

당시만 해도 야근자는 혼자 남아 자기 팀 장애인들을 밤새 돌봐야 했다. 내가 야근하는 날이면 우리 팀 복도는 순간 놀이동산으로 변한다. 복도에는 장판이 깔려 있어 어디든 앉고 누울 수 있다. 벽에 설치된 기다란 안전 손잡이 외에는 아무런 장애물이 없다.

"일찍 자면 뭐해요, 이리 나와 노세요들!"

방에 있으면 대부분 초저녁부터 자 버리기 때문에 애써 불러내 그들과 얘기하고 장난치고 뒹군다. 그러면 모두 난리다. 내 옆으로, 내 옆으로. 15세 소년부터 50세 어른까지 내 옆에 앉으려고 난리다. 지적장애인들의 애심을 어찌 놓치리요.

그러는 사이 저들끼리도 많은 대화가 오간다. 그 얘기를 듣다 보면 저들만의 세계가 느껴진다. 단답형의 주고받음, 이따금 동문서답에도 간극 없이 튀어나오는 깔깔거림이 복도에 퍼진다. 그럴 때면 저들은 바람 부는 여름날의 자작나무 잎만 같다. 수백 수천의 잎들이 사각거리는 소리를 듣노라면 끊임없이 무슨 얘기를 하는 것 같은데 그 뜻을 나로선 알 길이 없다. 이 밤 저들의 이야기가 한 시간 이상 풀어지는 데에는 분명 내가 모르는 소통이 있을 테다.

겪어 본 우리네는 다 안다. 이게 그네들만의 이야기 세상인 것을, 그 안에서 행복한 것을. 우린 너무 영악하다. 이해가 되어야만 소통을 하고 이득이 있어야만 가까이 하지 않는가? 하지만 저네들은 그냥 받아들이고 웃어 주지 않는가?

야근 업무 가운데 주요한 한 가지는 '소변 깨움'이다. 두 시간마다 자는 이를 깨워 소변을 보게 해야 하는데 예닐곱 분 된다. 그렇게 하지 않으면 어김없이 이불이 흥덩 젖는데 이불이 한 채도 젖지 않으면 우리끼리 하는 말로 '퍼펙트'가 되는 거다. 1년이 지난 지금까지 나는 한 번이나 했을까? 아홉 명의 팀원 중 가장 저조한 실력이다.

밤 열두 시 두 번째 소변 깨움 시간이다. 곤히 자는 사람을 깨울라치면 퍽이나 힘들고 동시에 미안하다. 이미 두 시간 전에 깨운 바가 있다. 얼마나 잠이 깊은지 어떤 이는 깨우는데 한참 걸리고 화장실로 데리고 가기도 쉽지 않다. 약간이라도 늦으면 혹시? 하는 걱정을 하게 된다. 무사히(?) 한 바퀴 돌고 나면 이마에 땀이 보송보송, 이불도 보송보송, 기분도 보송보송.

그런데 우우~ 오늘 조금 늦게 갔더니 방 입구에서부터 벌써 은근한 냄새가 밀려온다. 이미 요와 이불 3채가 흥덩 젖었다. 아이고야! 다 큰 어른이 실금을 해놓고도 쿨쿨 자고 있다. 입고 있는 내복까지 흥건하다. 젖은 이불을 공동욕실로 옮겨 놓고 방바닥을 닦는다. 세 분의 방 식구들 모두 일어나 한쪽에 앉아 있으려니 고생이다.

온 세상이 쌔근쌔근한 밤에 키가 180cm나 되는 그를 씻긴다. 신체가 멀쩡한데도 목욕을 할 줄 몰라 가만히 서 있다. 이불도 빨아야 한다. 물이 담긴 넓은 다라이에 친환경 미생물 용액인 E.M.을 붓고 이불을 담가 놓았다가 행군 후 세탁기에 돌린다. 이불을 널고 나니 내 온몸에 야릇한 냄새가 솔솔 풍긴다.

어린 왕자를 본다. 그 난리를 치고도 어린아이처럼 이내 깊은 잠에 빠져 버린 그를, 그래서 더 안쓰럽고 정이 드는 그를. 왕자는 간사한 꾀가 없고 탐스런 욕망이 없어 지구라는 이 별에 적응을 못하고 있다. 이 별에서 그가 스스로 할 수 있는 일은 거의 없다. 집도 옷도 밥도 스스로 갖출 줄 모른다. 왕자는 그래도 자기 별의 방식을 버리지 않는다.

그래서 그에게는 나의 일터인 '재활원'이라고 하는 새로운 별, 이 땅에 적응 못 해도 살 수 있게 해주는 이 별이 필요하다. 오늘 밤 그에게 나는 이 별의 별지기렷다. 내일은 다른 별지기가 그를 돌보겠지.

샤워를 하고 베란다에 서니 차가운 바람에 폐부가 시원하다. 기울어진 달 뒤로 이름 모를 별 하나가 손을 내민다. 왕자를 찾나? 혹시 왕자가 저리 빨리 잠든 것은 자기 별이 그리워서일까?

새벽 2시, 사무실 장판 바닥에 누웠다가 잠이 들어 버렸다. 깜짝 놀라 후다닥 일어나니 한 시간이나 지났다. 불안한 마음에 복도로 나가니 비상등만이 희미하게 깨어 내 대신 장애인들을 지키고 있다.

좌우로 죽 이어진 여덟 개의 방을 돌아보는데 어디선가 대변 냄새가 난다. 냄새를 따라가 보니 똥 파는 습관이 있는 Y씨 방이다. 화장실을 살펴보니 변기며 바닥과 벽에 대변이 범벅이다. 그는 반쯤 깨어 옆으로 누운 채 새우잠을 청하는 중이다. 그의 대변은 정신과 약 냄새와 섞여 특이한 냄새가 난다. 시고 쾌쾌한 이 냄새는 분명 그의 것이다. 문에서 복도의 벽으로 이어진 똥줄이 보이고 벽에 길게 설치된 안전 손잡이에도 복도 끝까지 똥이 묻어 있다. 똥이 잔뜩 묻은 손으로 복도를 한 바퀴 돌았나 보다. 또다시 나는 혹독하게 벌을 받았다.

아침 여섯 시, 땀으로 얼룩진 밤을 보내고 겨우 동이 트면, 특수

학교에 다니는 자폐성 발달장애인 여섯 명을 목욕시켜야 한다. 나는 이때가 야근 중 가장 힘들다. 어제 주간근무에 이어 밤을 새운 근무로 피로가 괴물처럼 덮치는 시간이다. 다른 장애인 몇에게 수건으로 물기 닦는 일을 도와 달라 부탁한다. 갈아입을 옷은 담임교사들이 어제 미리 목욕실에 챙겨 놓았다.

아침 여덟 시가 가까워지자 직원들이 하나둘 들어온다. 갑자기 어제 아침에 야근자가 퇴근하면서 자랑스레 소리쳤던 말이 생각났다.

"앗싸아, 나 퍼펙트야! 팀장님, 오늘 야근이지? 할 수 있을까아?"

"뭐라꼬예? 날 물로 보들 마소. 오늘은 기필코 하겠스묘."

했는데 이렇게 처참하게 실패하고 말았다. 출근하는 직원들을 맞으며 간밤 나의 죄를 낱낱이 고한다. 흑흑거리는 나에게 고생했다고 위로해 주지만 어째 내게는 이렇게 들린다.

"푸하하, 아직도 야근물이야."

(2007)

웹하고 기부하고

생활재활팀에서 3년째 일하던 2008년 봄이었다.

"고 팀장, 인터넷 홈페이지 만들 줄 알아요?"

점심식사 도중에 원장님이 대뜸 묻는다. 그래서 웹디자이너 자격증이 있고 몇 개의 홈페이지를 만든 적이 있다고 대답했다. 이전 복지관의 현재 홈페이지도 내가 만든 것이라고 덧붙였다. 원장님은 우리 홈페이지가 열악하여 새로 만들려고 하는데 내가 그 일을 해줬으면 하셨다.

아닌 게 아니라 우리 홈페이지는 15년 전에 만들어진 다음(daum) 까페였고 공지사항이나 몇 줄 있는 정도라서 홈페이지라고는 전혀 말할 수 없었다. 우리 공동체를 사랑하는 많은 후원자와 봉사자들이 안타까워했음은 물론이다.

2004년 입사했을 때 원장님 부탁으로 우리 까페의 그래픽이나 코너별 연결 작업 같은 것을 조금 다듬은 적이 있었다. 하지만 당시는 물리치료 업무를 보던 중이라 본격적으로 작업하지 못했다. 그 뒤로 늘 우리 홈페이지가 마음에 걸렸다.

그 후로 몇 년, 다시 원장님의 말씀을 들으니 본격적으로 만들어야겠다는 생각이 절로 들었다. 그리하여 생활재활팀을 그만두고 급히 신설된 정보지원팀에서 세 달 예정으로 회사 홈페이지를 만들기 시작했다.

'나모 웹에디터' 같은 홈페이지 제작 프로그램과 포토샵, 플래쉬 같은 그래픽 도구들을 구매하여 작업에 들어갔다. 대략적인 홈페이지 맵을 구상하여 이에 맞는 그래픽과 내용을 하나하나 완성해 갔다.

코너는 크게 여섯으로 나누었다. 법인 소개, 시설 소개, 후원, 봉사, 프로그램, 게시판(공지 게시판과 직원 전용 게시판), 그 밖에 메인 화면과 팝업 화면들이 있다. 각 코너들에는 세부적인 여러 코너들이 있다. 중요한 내용은 내가 문안을 만들어 기관장의 검토를 받아 완성했고 사진을 비롯한 자료들은 다른 부서에서 협조를 받거나 직접 찍었다.

가장 공을 들인 것은 메인 화면이었다. 웹디자인 자격증이 있기는 하지만 디자인 감각이 떨어지는 나는 전문가들이 만든 숱한 디자인들을 참고해야 했다. 자칫 저작권 문제가 발생할까 봐 창의적으로 작업해야 해서 어려웠다. 한 번 보고 잊혀지는 홈페이지가 되지 않아야 하겠기에 사람들이 자주 찾아오도록 최신 소식을 늘

업데이트 하는 것이 중요했다. 그래서 〈요즘 우리는〉 같은 코너들을 추가했고, 대화 게시판 같은 것은 전문 업체에게 비용을 주고 샀다.

드디어 세 달 뒤 새로운 홈페이지(www.shma.kr)가 개통되었다. 다섯 코너 분량의 카페는 삼십 코너 분량의 웹사이트로 변신하였다. 실로 15년 만의 홈페이지 개정이었다.

비록 전문회사가 만든 것보다는 부족하지만 여느 복지기관 부럽지 않은 홈페이지를 가지게 되었다. 이 홈피는 5년쯤 뒤 전문회사에게 유상으로 의뢰하여 전면적으로 개편되면서 역사의 뒤안으로 사라졌다.

40대 후반 나이에 그래픽 작업이란 안구 피로와의 싸움이었다. 세 달 동안 종일 눈이 뚫어져라 모니터를 바라보니 눈이 시리고 뜨끔뜨끔 아팠다. 예리한 광선이 눈을 찔렀다. 고질적인 두통까지 찾아오곤 해서 할 수 없이 선글라스를 껴고 모니터를 볼 때가 많았다.

하지만 장애인 공동체를 위해서 내 작은 힘으로 재능기부를 했다는 점이 기쁘고 자랑스럽다. 사실, 나뿐 아니라 우리 공동체에는 공식적인 업무와 상관없이 자신의 재능을 기부하는 직원들이 많다. 전기 기술, 대형차 운전, 피아노 재능, 레크레이션 재능, 미술 재능 등등 많다. 아주 '잘'한다. 시늉만 내는 것이 아니라 힘껏 한다. 덕에 이 공동체가 살아 움직인다. 공동체의 희망은 바로 이런 자세에 달려 있다고 해도 과언이 아니다.

재능이 있다고 해서 모두가 기부를 '잘'하는 건 아닐 테다. 회사를 위하고 장애인을 위하는 마음이 없이는 그럴 수 없다. 나는 이런 마음을 진정성이라 말하고 싶다. 어떤 일이든 진정성이 있느냐 없느냐에 따라 그 사람에게 그 일의 가치는 현격한 차이가 날 것이다. 특히나 사회복지는 근무 여건도 넉넉하지 않은데 이런 마음마저 없다면 그런 사람에게는 아주 하찮은 일이 되고 만다.

(2008)

내년엔 전공자가 오겠지

장애인이 250명이요, 비장애인이 150명인 이 교회에서 내가 성가대 지휘를 하게 되리라곤 꿈에도 생각 못 했다. 2013년 일이다. 성가대원이 30명이나 되는데 비전공자인 내가 이들을 이끈다는 것은 말도 안 되는 얘기였다.

나의 직전 지휘자는 사회복지직 직원으로 입사했는데 성악 전공자였다. 그는 5년 정도 훌륭하게 지휘를 했는데 개인적인 일이 생겨서 우리 교회를 떠나야 했다. 이럴 경우 대개의 교회들은 음악 전공자를 모셔 오지만 우리 교회는 직장교회인 데다가 지휘가 무보수 봉사직이기 때문에 직원 내에서 충당한다. 장애인을 돌보는 직장이면서 그 직장에 있는 교회라는 매우 특수한 경우다. 성가대원은 대부분 직원이고 휠체어를 탄 장애인도 몇 분 계신다.

그는 당시 성가대원이었던 나에게 자기 대신 지휘를 맡아 달라고 부탁했다. 당연히 나는 사양했다. 거의 쫓아다니며 간청을 해서 도망치다시피 사양했다. 전공자의 영역에 들어가서는 안 될 일이었다. 다행히 그의 일이 한 해 연기되어 이 일은 해프닝으로 끝났다.

그런데 다음 해에 똑같은 상황이 벌어졌을 때 지휘를 해달라는 그의 요청이 신의 음성으로, 사양 아니 거역할 수 없는 하늘의 뜻으로 들려왔다. 한 해 전과 정반대로 달라진 나의 태도에 그는 깜짝 놀랐다. 그 정도로 나는 그의 부탁에 당연한 듯 순응했다.

나는 어째서 이 일을 하늘의 음성으로 들었을까? 아무리 생각해도 모르겠다. 직관적인 판단이었다. 도무지 아무런 이유도 없는 직관, 그 자체의 느낌이었다. 살면서 이런 신의 부름을 몇 번 느꼈다. 사명자가 되라는 음성과 의료인이 되어 소외된 이들을 치료하라는 음성이 그랬다. 그때마다 신의 부름에 순응했고, 그러고 나면 삶의 사소한 구석까지 행복해졌다. 그렇다고 내 영성이나 신앙심이 깊은 건 아니니 오해 마시기 바란다. 일상에서는 신의 뜻을 거의 생각하지 못하는, 그래서 신앙의 규범에 그리 충실하지 못한 편이라서, 쩝쩝.

아무튼 이런 연고로 나는 지휘자가 되었다. 그러니까 할 만해서 한 것이 아니라 신의 뜻에 순응하기 위해서 한 것이다. 큰 건에서 신의 뜻에 순응하면 삶이 흐뭇하고 평안해지는 이전 경험은 과연 이번에도 그랬다. 실력이 부족하여 분명 심한 압박감을 받는데도 내 마음은 부담감보다 행복감이 더 컸다. 실력 이상의 실전 발표와 교인들의 높은 호응도에 나는 수도 없이 신의 개입을 느꼈다. 우리 연습량만으로는 이렇게 잘 부를 수가 없었다. 하나님이 내 대신 이 일을 하고 계신다는 생각이었다.

그렇다 해도 이렇게 오래 하게 될 줄은 몰랐다. 장장 10년째다. 아마 내년엔 전공자가 오겠지 하고 기다린 세월이 이렇게나 많이 흘렀다. 내가 가진 음악 이력이란 30년 성가대원 경력과 노래가 좋아 평생 피리로 뚱땅 도레미를 즐긴 게 다다. 도움 되는 점이 있다면 계명창법에 익숙하여 상대음감이 좋다는 정도다. 나는 노래를 들으면 저절로 계이름으로 바뀌어 들리고 피아노로 뚱땅 쳐보면 거의 정확하다. 악보의 음표들도 보는 순간 계이름화되어 음으로 환원된다. 그래서 아는 노래는 무엇이든 일단 뚱땅 도레미 연주가 가능하다. 남녀 네 성부가 동시에 불러도 어느 파트가 틀리고 있는지 구분이 간다.

여기까진 좋은데 발성이 형편없어 이를 지도할 능력이 없다. 제일 안타까운 것은 우리 대원들이 전공자에게 체계적으로 음악을 배우지 못한다는 부분이다. 해서 나는 해마다 전공자를 기다렸지만 그런 사람은 나타나지 않았다. 중간에 사임 의사도 밝혔지만 여차여차 그냥 넘어갔다.

음악 발표가 매주 찾아오는 합창단은 교회 합창단밖에 없다. 1년에 52번이다. 또 있나? 난 모르겠다. 이것은 지휘자로서는 어마어마한 과제로서 성가대원으로 있을 때는 못 느꼈던 압박감이었다.

연습량이 부족해서 늘 애를 태웠지만 그럼에도 우리 장애인들은 성가대에 박수를 쳐주었다. 곡이 끝나기도 전에 우레와 같은 박수를 치는 통에 곡 뒷부분이 박수에 묻히는 일도 다반사였지만 이 역시 희망의 꽃을 피워내는 우리만의 아름다운 하모니라고 생각한다.

2015년에 부활절 칸탄타를 했는데 무려 2년간 연습해야 했다. 실은 2년 전에 실시하려고 했다가 연습량 부족으로 취소했기 때문이다. 교회의 첫 칸탄타였기에 실로 감동이었지만 나는 2년이라는 세월에 마음이 묻혀 벅차고도 무거운 감회를 느꼈다.

비전공 지휘자라는 결점에도 지난 10년간 성가대에 함께 하신 많은 분들이 고맙고 존경스럽다. 존경하는 목사님의 목회를 돕는

다는 점도 기쁘고, 보람을 찾아서 일하게 된 이 터에서 장애인들과의 생활 속에 이 일이 중요한 자리를 차지한다는 사실이 기쁘다. 쉼없이 악기를 연주한 반주자와 보이지 않는 곳에서 개인 연습에 충실하신 분들에게 특히 고마운 존경심이 인다.

우리의 삶을 지탱해주는 일은 이렇게 낮은 곳에서 일어난다. 수고비를 따로 받는 일도 아니고 당연 봉사직인 우리 장애인 교회의 지휘라는 일은 이런 감동들이 없으면 절대로 할 수 없는 일인데, 내가 기쁜 마음으로 할 수 있었음은 아마도 하늘의 높은 힘과 이런 낮은 힘들 때문이 아니었을까 생각해 본다.

(2023)

희망의 이유

근 30년 만에 학생 신분으로 대학 교정에 들어선 기분은 9월의 푸른 하늘만큼이나 설렜다. 교정을 걷는 학생들의 모습이 싱그럽고 잠시 학생이 되어 수업을 받으러 가는 내 기분도 싱그럽다. 당연한 듯 허리를 펴고 걷는 저 풋풋한 희망들을 보니 미소가 절로 나온다. 나도 저런 날이 있었는데. 만학이란 이런 건가?

은퇴 이후를 준비하고 싶어서 학교에 왔다. 전에 노인대학과 평생교육원에서 〈생활 물리치료〉라는 과목으로 강사를 여러 해 했는데 은퇴 후 다시 해보고 싶어 그에 도움이 될지도 모를 사회복지사 자격증을 따려고 한다. 내 주제에 강사를 다시 할 수나 있을지 모르겠지만, 어쨌든 오늘 그 마지막 과정인 실습 수업이다.

직장 생활을 하면서 실습을 하려니 부담이 컸는데 교정에서 알록달록 학생들을 보면서 무거운 마음이 잠시 밀려났다. 낯선 교실에 들어가니 만학도들이 교수를 기다리며 조용히 앉아 있다. 원피스를 입은 젊은이부터 머리 희끗한 중년까지 다양하다. 잔잔한 희망의 냄새가 풍긴다. 마지막 관문을 잘 통과하고 싶다는 바램이.

교수는 핵심을 또박또박 말해 주었다. 앞으로의 일정과 꼭 챙겨야 할 사항들을 꼼꼼히 체크해 주는 것이, 역시 대학 강의는 사족이 없어 좋았다. 교수는 우리를 걱정해 주었다. 고마웠다. 걱정이 가득했는데 왠지 기운이 났다.

장애인 생활시설에서 두 달간 실습을 하였다. 30명의 장애인들과 그만큼의 직원들이 있었다. 삼층 건물이 아담하니 예뻐 겉으로만 봐도 행복이 느껴졌다. 수목이 아름아름 심겨진 원예 공간 뒤로 연못이 있고 등나무 벤치에 삼삼오오 장애인들이 쉬고 있었다. 건물 한쪽에 전국 장애인 생활시설 평가 1위라는 현수막이 숨은 듯 빛났다.

남자 생활관에서 첫 실습을 시작했다. 한 분을 소개받았다. 인사를 하고 대화를 시도했지만 들은 체도 않는다. 자꾸 기어서 밖으로 나가려 한다. 그러면 가만히 손을 끌어당겨 도로 앉혀야 한다. 무릎 염증 때문이란다. 그러기를 몇 차례 했더니 내가 마구 싫은 표정이다. 첫 만남부터 이렇게 되다니, 웃으며 아양을 떨어 본다. 좋아질까? 사회복지는 감정노동이라는 교수의 말이 생각났다. 업무특성상 자기 감정과는 무관하게 특별한 감정을 요구하는 일, 서비스직이라면 피할 수 없다.

하루는 휠체어 이용인과 산책을 하다가 연못가에서 이야기를 나누었다. 종일 누워 지내는 분이다. 등나무 그늘 아래로 들어가니 햇살이 한곳에 모여 반긴다. 연못 금붕어들은 정오의 졸음을 즐기고 있다. 등나무와 낙엽, 그리고 그의 고향에 대한 이야기를 나누었다. 휠체어 등받이에 반쯤 기댄 채 환하게 웃는다. 침대에도 그렇게 기대어 밥을 받아 먹고 약을 받아 먹었다. 아무런 표정 없이. 하지만 오늘은 환한 햇살과 친구가 되었다. 그 얼굴이 어제보다 젊어 보인다. 오가는 다른 장애인들의 표정도 밝은 걸 보니 이곳에서 행복한가 보다. 오롯이 오늘을 사는 분들일 텐데, 오늘의 행복을 만들어 드리는 것이 사회복지사가 해야 할 일인 듯싶다.

사회복지는 대인서비스다. 대인서비스란 여유가 있어야 비로소 가슴 열린 대화를 나눌 수 있다. 생활관 교사들은 바쁘다. 면대면 업무는 물론 서류 업무, 환경 정비, 프로그램 수행 등 격무에 시달리고 있었다. 실습생처럼 한 사람과 오래 담소를 나눌 여유가 없다. 이런 조건 아래에서 대상자에게 오늘의 행복을 만들어 드릴 수 있겠고, 또 자신들은 감정노동의 어려움을 극복할 수 있겠나? 어려운 얘기다. 지금보다 직원이 배는 늘어야 가능할 것 같다. 이 나라 사회복지의 현실이 안타깝다.

실습 중 '일일밥집'을 돕게 되었다. 난방비를 모금하기 위해서 하는 행사였다. 식당과 마당에 잔치자리를 펼쳐 놓으니 후원자들이 와서 식사를 하며 담소를 나누었다. 군고구마 향기가 하루 종일 마당에 웃음꽃을 피워냈다. 백 명 넘게 사람들이 찾아왔다. 이날 모금으로 장애인들이 겨울나기를 할 수 있다니 무척 뜻깊겠다.

나는 종일 설거지를 했다. 쉴 새 없이 밀려드는 그릇 설거지에 더불어 무거운 잔반까지 가져다 버려야 했다. 땀에 흠뻑 젖고 허리가 아파왔다. 밀려드는 손님에 부엌 사람들은 쉴 틈이 없었지만 이 큰 행사의 한가운데 있음이 기뻤다.

오후 네 시쯤 잠깐의 쉼이 났다. 아무데나 걸터앉아 쉬다가 나도 모르게 휘파람을 불었다. 베토벤의 '찬양하라 노래하라 창조자의 영광을'로 시작되는 노래를. 혼자만의 휘파람에 취했는지 주변이 조용해졌음을 몰랐다. 너무 피곤해서였는지도 모른다. 휘파람을 멈추고서야 이 사실을 알았다. 부엌의 모든 사람들이 일을 멈추고 음악 감상(?) 중인 게 아닌가? 머쓱해 하는 나를 향해 모두들 박수를 쳐준다. 아이고 창피해라. 그것도 모르고.

부엌에는 직원, 봉사자 등 많은 사람들이 새벽부터 나와 일을 했다. 숙련된 부엌공(?)들의 지시로 일이 일사천리로 돌아갔다. 보람된 일을 한다는 생각에서인지 사람들은 좁고 불편한 공간에서도 즐겁게 일을 했다. 그들의 웃음에 내 휘파람이 일조했다니 창피하면서도 기분이 좋았다.

부지런히 어스름이 찾아오고 손님들은 모두 떠났다. 마당엔 만국기 대신 매달아 놓은 수백의 촉촉 전구들이 불을 밝혔다. 오늘 수고한 사람들이 그 아래에 모여 둥글게 섰다. 하루를 마무리하는 자리다. 색별로 예쁘고 아기자기한 꼬마전구들의 빛이 피로에 지친 몸들을 환하게 씻어 주자 마무리 박수를 치는 얼굴들이 한층 밝아졌다.

행사를 통해 이 사회의 따뜻한 모습을 보았다. 이렇게 많은 사람이 찾아와 준 것하며, 함박웃음으로 이 큰 행사를 치러내는 직원과 봉사자들의 모습이 참 좋았다. 이들의 자발적인 동참과 땀에 사회복지의 미래가 있다고 생각되었다. 상한 감정의 치유가 일어나고 감정노동의 피로를 극복할 수 있는 힘은 이런 데 있는가 보다. 아닌 게 아니라 이곳 장애인들에게서 느껴지는 행복감의 이유도 여기에 있다는 생각이다. 희망을 본다.

(2019)

코로나19와 오뎅 국물

"팀장님, 오뎅 드세요."

짝이 된 동료가 따끈한 오뎅을 만들어 왔다. 추운 아침에 너무 반가웠다. 2월 중순의 영하 11도는 체온계를 들고 정문 수위실 앞에 서 있는 우리의 손을 얼어붙게 했다. 훈훈한 동료의 정을 느끼며, 출근하는 직원의 귀에 체온계를 대보지만 체온계가 얼어 버려 화면에 숫자가 뜨지 않았다. 그렇다고 무서운 감염병이 극성을 부리고 있는 지금 그냥 통과시킬 수는 없어 겨우겨우 기계를 녹여 가며 쟀다. 잊을 수 없는 코로나19의 기억이다.

이 전염병에 놀라 격리를 시작한 때가 2019년이었는데 소식을 처음 접하면서 우리 시설은 상급기관의 지침이 내려오기도 전에 먼저 격리를 시작하였다. 하루 세 번 체온 검사, 내·외부인 출입금지, 퇴근 후 자가 격리 및 일체의 동선 보고 등등이었다. 300여 명이나 되는 인원에게는 보통 일이 아니었다. 시급히 마스크를 수

천 장 사야 했고 체온계, 알콜, 분무기를 대량 구입해야 했다.

며칠 뒤 경기도로부터 예방적 코호트 격리를 하라는 지시가 하달되었다. 근무 중인 어떤 직원도 집에 가지 말고 안에서 체류하면서 15일 단위로 교대를 하라는 얘기였다. 어기면 행정 처분을 받는다는 경고와 함께.

교대 근무 해당 직원들은 다음 날 옷 보따리를 싸들고 회사로 왔다. 그런데 문제는 어린 자녀가 있는 직원이었다. 부부 직원도 여럿 되어 그들이야말로 난처한 상황이었다. 뿐만 아니라 시설 내에 100명이 넘는 직원들의 숙소를 마련할 길이 없었다. 각 사무실 바닥에 자리를 깔고 자야 할 판이었다. 게다가 이 많은 직원의 하루 세 끼 식사를 추가로 준비할 인적 물적 여력이 없었다.

이런 문제가 비단 우리만의 것은 아니어서 경기도의 전화통은 불이 나도록 울렸고 결국 다음 날 도의 지침이 바뀌었다. 예방적 코호트 격리를 취소하고 대신, 출퇴근은 하되 가정에서 자발적 격리를 하라는 내용이었다. 불과 하루 만의 일이었다. 초유의 사태 앞에서 온 나라가 우왕좌왕했고 우리 역시 웃어야 할지 울어야 할지 몰랐다. 가정도 소중하고 장애인도 소중했다.

이 와중에 내 차가 고장 나서 엔진 계통의 수리를 받았는데 직원들이 차가 코로나에 걸려 100만 원짜리 마스크를 썼다고 놀렸다. 확 한 대 때려 주고 싶었당!

일주일에 한 번 전 인원이 PCR 검사를 했다. 처음 몇 번 보건소로 가서 하다가 감염이 전국에 무섭게 확장되면서 보건소 업무

과중으로 우리가 자체적으로 검사를 했다. 우리 간호팀장이 무려 4년간 이 수고를 책임졌고 나중에는 몸에 무리가 와서 큰 고생을 했다.

보건소에서 처음 코를 찔리는 날, 나는 하늘의 별을 봤고 어느 직원은 코피를 봤다. 검사 받은 횟수를 대충 헤아렸는데 48번까지는 셌다가 1년째부터는 더 세는 게 무슨 의미가 있겠나 싶어 그만두었다. 2년 반 정도 자체 PCR 검사를 했으니 더는 일상이 되고 말았다. 예방주사만 해도 5차까지 맞았지만 결국 지난 4년간 전체가 감염되고 나서야 지긋지긋한 코로나 기승이 멈췄다.

이제 코로나 사태는 끝났다. 그동안 우리 시설은 외부와 차단된 섬나라가 되고 말았지만 우리는 자발적으로 섬 주인이 되고자 했다. 바로 '자발적 격리'다. 이 격리의 힘이란 어쩌면 생존본능에서 나오겠지만, 또 다른 원천을 찾자면 배려와 사랑이겠다. 그렇다면 그동안 우리가 해온 자발적 격리는 '위하여 살아가는 아름다움'에 다름 아닐 것이다. 지난 시간들을 돌아보면 이 사태에 대응을 하는 과정에서 어떤 끈끈한 유대감이 느껴진다. 이 병에 감염되면 죽을 수도 있다고 생각되던 그 긴장의 순간에 동료가 준비해 온 따끈한 오뎅 국물이 이 글을 쓰는 내내 가슴에 김을 쏘인다.

(2023)

장애 친화 비만관리

런닝머신 세 대가 쉴 틈 없이 돌아간다. 코로나19 사태로 마스크를 쓰고 달리는 모습을 보니 내가 먼저 숨이 막힌다. 저들을 저토록 달리게 하는 건 살을 빼겠다는 의지다. 비만관리에 참여한 사람들은 식사와 간식을 줄였다. 어떤 분은 그 좋아하던 과자를 일절 입에 대지 않는다.

우리 장애인 공동체에서는 점점 불어나는 체중에 위기감을 느껴 2011년에 장애인 비만관리를 시작한 이래 지금까지 10년째 이 프로그램을 수행했다. 영양사, 생활재활교사, 물리치료사, 간호사로 구성된 TF팀을 꾸려 각자 역할을 분담했다. 내가 총괄을 맡아서 두 달마다 TF팀 회의를 주재하여 그간의 변화를 검토 및 평가하고 앞으로의 방향을 논의했다.

총괄을 맡았지만 나는 처음에 이를 어떻게 해야 할지 몰라 우왕

좌왕했다. 내 몸이 아니라 남의 몸을 관리하려 하니 더욱 그랬다. 나뿐 아니라 모두 그랬다.

어쩔 수 없이 공부를 먼저 했다. 시중에 판매하는 비만관리 책을 여러 권 사서 TF팀 교사들과 돌아가며 읽고 학습했다. 정말로 많은 도움이 되었는데 가야 할 방향에 대한 확신이 서고, 특히 총괄인 나는 TF 팀원들에 대한 지도력이 생겼다. 공부를 하면서 모두의 수행 의지가 높아졌고 그러면서 교사들은 어떤 방법으로 이 프로그램을 수행해야 할지 한 번 더 고민하게 되었다.

회의를 거쳐 200명 되는 모든 사람의 하루 식단을 2,400kcal에

체지방 측정

서 2,100kcal로 줄였다. 나아가 비만관리 대상자 11명은 특별히 2,400kcal에서 1,600kcal로 줄이고 자주 드시던 빵 간식을 없애거나 토마토로 바꿨다. 또한 운동요법으로 런닝머신에서 매일 40분씩 뛰었다. 갑자기 식사량을 줄이니 도중에 싫다고 탈퇴한 사람도 두 명이나 나왔다. 의사 표현이 어려운 두 분은 취향과 건강을 고려하여 계속 참여시키기로 했다.

처음 두 달간은 좀처럼 체중이 줄지 않았다. 실망도 되고 한편으론 당황했다. 적게 먹는데 왜 살이 안 빠질까? 바로 이때 책의 내용이 생각났다. 전문가의 말에 의하면 체중 저항기라는 것이 있다고 한다. 인체의 체중 조절 기전은 현 체중을 유지하려고 하는 특징이 있어, 줄어든 칼로리 양에 반응하여 몸이 칼로리를 아껴 써서 체중 감소를 막는다는 것이다. 그래도 계속 식이요법을 시행하면 어느 시기를 지나면 살이 빠진다고 책에 적혀 있었다.

과연 두 달이 지나자 드디어 변화가 보이기 시작했다. 11명 대상자들의 체중이 일제히 빠지기 시작했다. 이뿐 아니다. 놀랍게도 200명 모두의 체중 증가 추세가 멈춰 버린 것이다! 예상밖의 좋은 결과에 우리 공농체는 탄성을 질렀다.

장애인 비만관리의 가장 중요한 지침은 다음 두 가지 원칙을 지키는 것이다.

'본인 동의의 원칙'과 '장애인 행복의 원칙'.

아무리 건강을 위한 것이라지만 본인이 동의를 해야 한다. 또한

다이어트 식판

비만관리의 과정과 결과 모두에서 이들이 행복해야 한다.

우리는 이러한 비만관리를 '장애 친화 비만관리'라고 부른다. 특히 장애인의 섭식행복권을 빼앗지 않는 것이 중요하다. 하루 세 끼 다 먹고 간식은 조절을 권유하는 선에서 그친다. 외식도 줄여야 하지만 단체라는 특성상 어려운 일이다. 이래서야 언제 살을 빼나 싶지만 대상자의 특성상 어쩔 수 없다. 이런 이유로 장애 친화 비만관리는 감량 목표를 1년에 2kg 정도로 적게 잡는 게 좋다. 무리하게 잡으면 그만큼 섭식 제한이 많아야 하기 때문이다. 식이요법을 하면서도 이들의 행복권을 지켜 주려면 과연 어느 선까지 제한을 해야 하는지는 여전히 어려운 과제다.

지난 10년 간 총 38명이 비만관리를 했다. 이중 아홉 명을 제외한 29명의 체중이 감량되었다. 1인당 감량 평균은 −4kg이었다. 많은 사람들이 멋진 훈남훈녀가 되었고 건강도 더 좋아졌다. 이들의 혈압이 내리고 뇌전증 횟수가 줄었다는 의무실 보고도 있었다. 반면에 체중이 16kg이나 증가한 사람도 있어서 아픔으로 남는다.

우리의 비만관리가 소문이 났는지 2013년에는 'YTN 사이언스' 방송에 방영되기도 했다. 방송 후 여러 곳에서 문의 전화가 오고 자료를 부탁하여 아낌없이 건넸다. 되도록 많은 곳에서 시도하기를 원하는 마음이었다.

우리에겐 지난 10년간 모든 대상자의 칼로리 기록표와 운동점검표가 있다. 이에 들어간 교사들의 수고는 이루 말할 수 없다. 내 몸이 아니라 남의 몸을 관리하는 일은 어렵고 때론 절망감조차 든다. 다른 일과가 너무 바쁠 땐 소홀해지기 일쑤다. 그래서 장애 친화 비만관리에는 인내심이 필요하다. 체중이란 게 이상하게도 부메랑 같은 것이어서 기껏 빼도 몇 년 지나면 도로 제자리로 오는 일이 빈번하여 10년 사이에 두세 번 다시 참여한 대상자도 여럿 있고 앞으로도 그래 보인다.

코로나19 사태로 2020년과 2021년 두 해 동안 우리 장애인 공동체 전체의 평균 체중이 2kg 늘었고 지금도 계속 증가하는 추세다. 그래서 올 들어 비만관리의 중요성이 더욱 커졌다. 후우, 가야 할 길이 멀다. 아니 끝이 없다. 서두르지 않고 조금씩 전진할 뿐이다.

(2022)

정말로 배우고 싶은 몇 개의 세상

비 개인 햇살이 선선한 바람을 데리고 와 창문을 두드린다. 진초록으로 뒤덮인 산은 지금 열심히 햇빛을 먹는 중이다. 어떻게든 살아가려는 생명의 본능이 장엄하기까지 하다. 살랑살랑 흔들리는 나뭇잎 하나에서도 절대로 포기하지 않으려는 힘이 느껴진다. 생의 의지다.

사실 매일같이 물리치료실을 방문하는 장애인들도 생의 의지가 아니면 이렇게 열심히 오지 못할 것이다. 나의 하루하루도 이 의지의 힘이리라. 의식을 지배하는 무의식의 소산인 생의 의지야말로 소박하면서도 지구의 모든 생물을 이끄는 거대한 힘이다.

나의 일터인 '신망애재활원'의 장애인들과 함께 지내면서 그들의 의식 너머의 세계를 사랑했다. 거기에는 내가 꼭 배우고 싶은 아름다운 세상이 있기 때문이다. 지난 20년간 내가 도저히 따라잡지 못

했던, 지금도 뒤만 따라가고 있는 몇 개의 세상이다. 물론 이들도 사람인지라 단점이 있지만 이 지면에서 굳이 그러한 점을 얘기할 필요는 없는 것 같고, 다만 그럼에도 그들에게 꼭 배웠으면 하는 점에 대해서 말하고 싶다.

우선 배우고 싶은 것은 우리 공동체 장애인들의 뛰어난 현실 수용력이다. 여기서 현실 수용력이란 현실에 타협하는 얄팍한 능력을 말하는 게 아니다. 체념과 상실이라는 두 가지 측면의 철학적 이야기다.

체념은 인간을 제외한 모든 생물이 행이든 불행이든 거의 매 순간 채택하는 덕목이다. 때문에 자연에는 한(恨)이라는 게 존재하지 않는데 유독 인간만이 한을 품는 편을 택했다. 이는 체념하지 못하는 데서 오는 존재의 불행이다.

체념은 현실을 수용하는 데서 가능하다. 우리 공동체의 장애인들은 현실을 수용하는 능력이 뛰어나다. 그들은 상실을 받아들인다. 자신의 현실을 수용하는 것이다. 언뜻 쉬운 일 같지만 절대로 그렇지 않다. 그들이 살아온 이야기를 한번 직접 들어보라. 그러면 이를 잘 알게 된다.

그들에게도 충격이나 아픔을 받아들이기까지 힘든 여정이 있었다. 입소 전 집에서 지낼 때, 비장애인들 속에 사는지라 그들과 비교되는 자신을 어떻게 생각했겠는가? 본인들의 말에 의하면 한스러움 그 자체였다. 어떤 이는 극단적인 선택을 하려고도 했지만 불편한 신체로 그조차 불가능했다.

그런데 공동체에 들어와서 변하기 시작했다. 변화의 시초는 동류의 발견에 있었다. 다른 장애인들과 함께 지내면서 장애가 나만의 일이 아니라는 것을 체득하게 되었다. 상대방 역시 나처럼 휠체어에서 대화를 나누는 것이다.

이로써 자존감의 바탕인 평등의식이 생긴다. 같은 처지의 사람들과 대화를 나누면서 서서히 웃음이 피어나고 갇혀 있던 사고가 밖으로 문을 열고 나온다. 마침내 자신을 받아들이면서 내 몸과 '함께' 살아가게 되는 것이다.

일본의 방송기자 '사이토미치오'는 정신장애인 공동체 〈베델의 집〉에서 오랫동안 함께 살면서 『지금 이대로도 괜찮아』라는 책을 냈다. 그는 이 공동체의 어려움을 해결하는 과정에서 숱하게 시행착오를 했는데, 그 결과 다음 두 가지 중요한 교훈을 얻었다고 책에서 밝혔다.

첫째, '지금 이대로여서는 안 된다는 사고'를 버린다.

장애인의 현재 상태를 인정하지 않으면서 비장애인과는 다른 그들의 습관을 바꾸려 든다면 돌봄을 받는 장애인에게는 고문일 것이다. 또한 장애인 본인에게도 자신의 현실을 수용하지 못함은 불행한 일이다. 현실을 인정하고 다음 단계로 나아갈 때 자신이 발전할 수 있고 서로에 대한 이해도 생긴다.

저자는 이러한 사고를 '받아들임'이라고 명명했다.

둘째, '함께 웃는 정신'을 가진다.

'함께 웃는 정신'이라는 덕목은 모든 문제의 최종 해답이었다. 공동체에서 숱하게 벌어지는 문제들—부상과 상호 다툼, 일탈행위 등등의 문제를 해결하기 위해 수없이 사례회의를 하고 대책을 펼쳤지만, 결국 결론은 치료 방식이나 설득이 아니라 함께 웃는 정신이었다.

저자는 이를 '유대관계'라고 명명했다.

이 두 가지, '받아들임'과 '유대관계'는 공동체 운영의 필수 덕목이다. 심지어 저자는 이 두 덕목을 인간 회복의 열쇠라고 설파하면서 공동체에서 '유대관계'를 맺으며 지내는 일이야말로 '받아들임'을 키워주는 자양분이라 하였다.

두 번째로 배우고 싶은 것은 욕심이 없다는 것이다. 여기서 말하는 욕심은 살아 있으면 모든 생물이 가지는 생존 욕구 같은 존재의 욕심이 아니라 성취적 욕심을 말한다. 우리 공동체에 사는 분들은 200명이 넘는데도 신경성 어깨 통증이나 신경성 두통 따윈 아예 없다. 그것은 마음이 편하다는 얘기다. 욕심을 버리면 근심도 사라진다는 교훈을 이분들을 보며 절절히 느낀다.

그들 중에는 대학생도 있고 시인도 있고 전국 장애인 체전 금메달리스트도 있다. 그들을 보면서 꿈은 있는데 욕심이 없다는 아이러니를 목도한다. 그래서 도전은 있어도 좌절은 없다. 욕심 없는 것이 꼭 좋다는 뜻은 아니다. 발전의 원동력이라는 욕심의 순기능을 무시할 수는 없다. 다만 욕심이 없으면 근심도 없다는 단순한 귀결에서 배움을 찾고 싶을 뿐이다.

마지막으로, 우리 공동체의 장애인들로부터 배우고 싶은 게 하나 더 있다. 이분들은 속도 대신 흐름을 선택한다는 점이다.

속도를 통해 삶의 희열을 느끼는 나 같은 아류와는 많이 비교된다. 사회인에게 속도는 성취제요, 마취제로서, 열심히 살아갈 때 목표를 달성하고 때론 아픔이나 허무를 잊는다. 반대로 속도에 중독된 오늘날의 사회를 향하여 느림의 미학을 추구하라는 외침도 많다. 여행이나 독서, 명상 등등의 자기 성찰은 느림의 한 방식이겠다.

여기 또 하나의 외침이 있다. 우리 공동체의 장애인들은 느림도 아니고 빠름도 아닌 흐름을 선택했다. 삶의 속도에 관계없이 흐름을 타는 것이다. 순간순간 존재의 욕심과 한탄은 있지만 결과에 바로 순응한다. 또한, 웃다, 울다, 화나다, 풀어지다 하는 이 모든 과정이 자연스럽다. 가식이나 위선이 드물다는 말이다. 위선이 없는 사람을 우리는 얼마나 보고 사나? 이런 사람과 지낸다면 그 자체로 축복이다.

흐름에 순응한다는 것은 오롯이 현재를 살게 해주는 나침반이요, 오늘의 행복을 느끼게 해주는 열쇠다. 우리 공동체를 자주 다녀가는 봉사자들은 장애인들의 행복한 표정이 부럽다고 이구동성으로 말한다. 우리가 잘해서 그런 것이 아니다. 그들의 이런 점들이 스스로를 행복하게 만들기 때문이다. 흐름을 탄다는 것이 얼마나 어려운가? 아마도 나는 이들을 평생의 반면교사로 섬겨야 할 것 같다.

금전본위의 물질만능사회는 점점 행복을 잃어가고 있다. 이 사회의 다수자가 장애인이라는 소수자에 의해 고침 받아야 할 부분들이 분명히 있는 시대다. 앞서 언급한 〈베델의 집〉처럼 우리 공동체에도 많은 어려움이 발생하고 개인마다 고쳐야 할 단점들도 존재하지만, 그래도 우리가 힘든 와중에 소리쳐 천진한 웃음꽃을 피우는 이유는 이런 좋은 면들을 날마다 접하기 때문일 것이다.

(2020)

물리복지사

내가 '알버트 슈바이처(Albert Schweitzer)' 박사의 자서전을 읽은 것은 1990년, 스물여덟 살 때였다. 『나의 생애와 사상』이라는 책이었는데, 아프리카에서 의사로 헌신하는 그의 모습에 말로 표현하기 힘든 감동을 받았다. 가슴이 마구 쿵쾅거렸다. 그의 일은 삶의 현장에서 사람을 직접적으로 도우며 사는 일이었다. 내 어린 날의 꿈인 자선사업가, 무엇인지도 모르면서 남을 돕는 일이라기에 학교에 적어냈던 그 소박한 꿈이 떠올랐다. 의료인이 되면 얼마든지 남을 도울 수 있겠구나. 왜 이걸 진작 생각하지 못했을까?

당시 나는 군 생활 포함 7년의 신학대학 과정을 마치고 신학대학원 3년의 과정을 기다리고 있었지만 성직에 대해서 고민하고 있었다. 도저히 다다를 수 없는 성직자의 영성(靈性)도 고민이었지만 무엇보다도 그 직책은 말로 사는 인생이라는 생각이 젊은 나의 발목을 휘어잡고 있었다. 바로 그때 우연히 슈바이처의 『나의 생애와

내 인생을 바꾼 〈슈바이처〉 박사의 자서전

사상』을 읽게 되었는데 나로서는 하늘의 도우심 같았다. 의사로서 아프리카 원시림에 가서 원주민들을 치료하는 그의 희생에 말할 수 없는 감동을 받았다. 말이 아니라 실천으로 살아가는 생이란 얼마나 바람직한가? 게다가 그도 나처럼 신학을 했다는 점과 뒤늦게 의학공부를 시작했다는 점이 나의 생과 일치하고 있어 내게 큰 용기를 주었다. 어두운 하늘 뒤로 갑자기 새 하늘이 열리고 있었다.

'그래! 의사가 되어 슈바이처처럼 살자.'

하지만 이것은 쉬운 일이 아니었다. 스물여덟 살에 다시 입시를 준비해야 하는 일인 데다가 작년에 결혼까지 했다. 그런데도 이 바램이 너무 간절해서 나를 온통 사로잡았다. 아내와 상의를 하고서 기도처에 가서 금식기도를 했다. 그럴수록 더 간절해지자 도전하기로 했다.

1년간 밤낮으로 입시 공부에 매달렸다. 공부는 힘들었다. 지병이었던 비염이 갈수록 악화되더니 입시를 한 달 앞두고 밤낮으로 두통과 콧물에 시달려 잠을 거의 못 자서 입시를 망칠 판이었다. 실력도 부족한데 합격해도 이런 건강으로 10년의 의학과정을 마칠 수 있겠나? 괴로운 순간이었다. 눈을 돌려 보았다. 의사가 아니고도 이 일을 할 수 있을까? 부끄럽게도 나는 현실에 타협하고 있었다.

간호사가 되면 어떨까 하여 〈서울여자간호대학〉을 찾아가 상담을 했지만 남자는 입학시킬 수 없다는 답변이 돌아왔다. 당시 관행으로는 내가 국내 첫 남성 간호사가 될 판이었다. 헛걸음을 하고 돌아오는 길에 정릉에 있는 한 보건전문대학을 찾아갔다. 거기엔 임상병리과, 물리치료과, 치기공과 등 여러 보건 관련 학과가 있었는데 물리치료라는 과가 있음을 그때 알았다. 치료라는 말에 반가워서 과사무실에 찾아가 상담을 한 결과 물리치료사가 나의 생각과 현실에 아주 적합하다는 사실을 알게 되었다. 오히려 간호사보다 더 나아 보였다.

1991년 〈고려대학교 병설 보건전문대〉 물리치료과 합격자 공고문에는 내 이름이 적혀 있었다. 그것도 맨 위에. 수석이었다. 게다가 수석 입학을 무기로 시작한 과외가 날로 번창하여 학업과 생활을 충분히 병행할 수 있었다. 예기치 않은 성과를 보면서 과연 뜻이 있는 곳에 길이 있음을 절감했다.

공부를 하면 할수록 물리치료가 타인에의 봉사직임을 확인하면서 하루하루가 행복했다. 아니 꿈만 같았다. 아마도 나의 삶을 통틀어서 가장 행복했던 시기인 듯싶다. 꿈이라는 것은 준비하고 노력할 때가 가장 행복한 것 같다.

학교에서 돌아오면 집에서 그룹 과외를 하고 저녁 늦게야 학과 공부를 했다. 과외시간을 맞추느라 학교 수업을 빼먹는 일도 자주 있었다. 집이 일산역 근처였는데 일산 신도시를 막 착공할 즈음이었다. 초중고생에게 영어와 수학을 가르쳤는데 용한(?) 과외교사가 있다는 소문이 나면서 학생들이 밀려들어 토요일까지 매일 과외를 해야 했다. 졸업할 때까지 3년 내내 과외가 끊기지 않아 너무나 바쁘게 학교를 다녔다. 돌아보면 얼마나 감사한 일인지 모르겠다.

그렇게 3년 과정을 마치고 국가고시를 거쳐 물리치료사가 되었다. 임상 경험을 위해 병원에서 1년 정도 일하다가 1995년부터 서울의 영구임대아파트 단지에서 시작하여 지금까지 25년 동안 각양각색의 사회복지시설에서 일했다.

처음엔 사회복지에 대한 개념도 없었고 어디서부터 일을 시작해야 할지도 모르던 차에 선배의 소개로 복지기관에서 일을 시작했다. 가서 보니 물리치료사 없이 보조인의 도움으로 물리치료실이 운영되고 있었는데 물리치료사가 왔다는 소문만으로도 환자가 두 배 이상 늘어났다. 당시만 해도 물리치료사들이 급여가 적다는 등의 이유로 복지시설 취업을 꺼리던 시대였다.

나의 첫 환자들은 이런 분들이었다. 아들 둘을 잃고 혼자 사는 할머니, 지하철에서 껌팔이를 하는 맹인 부부, 발목 수술 합병증으로 무릎까지 절단당한 모자가정 아주머니 등등의 사람들이었다. 그리고 후에는 노인복지관과 장애인 재활원에서의 환자들이었다.

이들에 대한 치료는 두 가지 관점에서 접근해야 했다. '신체'를 치료한다는 관점과 '사람'을 치료한다는 관점이었다. 특히 두 번째 관점이 복지시설 환자를 접하면서 두드러지게 다가왔다. 이런 표현을 써도 될지 모르겠지만, 소위 세상의 끝에 사는 사람들이었기에 어떻게든 이들을 세상의 안으로 밀어 넣고 싶었다. 그런데 지내 놓고 보니 이분들 역시 나를 세상의 안으로 밀어 넣고 있었다. 이들로 인하여 나는 살맛이 났던 것이다. 쉽게 말해서 흥이 났다. 나뿐 아니라 복지활동을 하는 사람들은 이런 순간을 느끼곤 한다.

복지시설에서 하는 일이란 이런 목적일 테니 어딜 가든 그 기관에 협력하는 게 중요한 것 같아서 나는 나를 시설의 일부라고 생각하며 물리치료에 임했다. 복지시설에서 나를 필요로 하는 일은 의외로 많았다. 돈을 주고 인력을 마음껏 동원할 수 없는 시설의 여건상, 조금이라도 재능이 있으면 그 일을 해야 했다. 잔재주가 많았던 나는 물리치료 외에도 노인대학 강의, 레크레이션 진행, 컴퓨터 수업 진행, 기관 홈페이지 제작, 합창단 지휘, 상조회 회장, 생활재활교사 그리고 숱한 작업 동원까지 참으로 다양한 일을 했다. 이 일들을 지난 25년 동안 나는 기꺼이 감당했고 그래서 복지활동이 재미있고 행복했다.

그렇다고 일개 월급쟁이 주제에 봉사니 희생이니 하는 거창한 말은 할 자격도 없고 하고 싶지도 않다. 출발은 봉사라는 생각으로

했지만 지금은 생각이 바뀌었다. 그것은 다음 두 가지 이유에서다.

첫째, 나는 단지 좋아하는 일이 이 분야여서 이 일에 소명감을 느끼며 하는 것이지 다른 직업인과 하등 다를 바가 없다. 일을 하는 사람은 누구나 봉사자요, 소명자이며, 가족을 위하고 사회를 위하는 희생자들이다. 벌어먹고 사는 일이 얼마나 힘든데 누구만 봉사의 자리에 있다고 말할 수 있겠는가?

둘째, 함께 지내면서 느낀 바로는 나의 사회복지 대상자들은 나와 완전히 동등한 존재였다. 그들이나 나나 부자인 동시에 나사로였다. 다시 말해 서로 도와주고 도움 받는 사이였다. 나는 그들을 치료하며 돕고 그들은 나에게 삶의 에너지를 주며 돕는다. 어느 일방의 봉사니 희생이니 하는 단어로는 설명할 수 없다.

나는 사회복지를 하는 물리치료사니 합치면 '물리복지사'쯤 되겠다. 30대까지만 해도 의사로서 독립적인 일을 하지 못하는 아쉬움이 컸지만 좀 더 나이를 먹고 보니 여기까지가 나의 한계임을 알겠다.

더구나 이마저도 최선을 다하지 못했다. 지고한 의미의 물리복지사가 못 되었기 때문이다. 지금도 수시로 본연의 자세를 잃는다. 헛된 욕망에 눈이 어두워 삶이 흐트러질 때가 많아 애초의 정신에서 한참 멀어졌다. 하지만 모자랐기에 아직 소망으로 삼을 가치가 남았다.

재미있다. 중학생 꼬마가 학교에 적어 냈던 자선사업가가 바로 물리복지사일 줄이야! 만약 내가 다시 어린 시절로 돌아간다면, 그래서 그 소년에게 '자선사업가란 물리복지사를 말하는 거야'라고 일러준다면 후후, 소년은 그때도 물리복지사가 되겠다고 할지 궁금하다.

(2020)

아이쿠야! 다섯 번째_무지가 주는 행복

정글탐험 같은 TV 프로그램에서 잘 먹고사는 톱스타들이 보잘것없는 식량 하나로도 좋아 어쩔 줄 모르는 모습을 보면 웃음이 절로 나옵니다. 한껏 배가 고플 때 무언가를 먹는 순간의 행복감이란 이루 말할 수 없겠죠.

성경에는 빵과 생선으로 식사를 하는 장면이 나오지요. 이른바 오병이어의 기적. 가난했던 수천 년 전 사람들에게 생선 반찬이란 호강이었을 것입니다. 오천 명이나 되는 사람들이 배고픔에 떡과 생선을 받아먹었을 때 얼마나 행복했을까요? 가시를 고르고 살을 발라 먹으면서 많이들 웃었겠죠.

생선 반찬 하나로도 웃고 사는 사람들을 만났습니다.

2010년 필리핀 여행을 갔는데 일정에 양로원 봉사가 있었습니다. 이 여행은 우리 장애인 공동체의 우수 직원 해외연수 프로그램이었는데 일정 중 양로원 봉사를 넣어 견학도 하고 후원도 할 셈이었습니다. 가이드 생활 8년에 관광객이 양로원을 방문한 것은 처음이라고 가이드가 혀를 내둘렀지요.

가이드가 알아봐 준 곳은 테레사 수녀회가 운영하는 양로원이었어요. 75명의 노인들이 계신다고 하네요. 양로원은 〈세부〉 시내 중심지에 있었는데 외양은 허름했지만 방문센터까지 갖춘 걸 보아 체계를 갖추고 운영된다는 느낌을 받았습니다. 한국인 수녀가 우리를 안내하려고 나왔는데 30대 초반으로 보이는 젊은이였어요. 한국 교단에서 견습생으로 필리핀에 파견되었다고 자신을 소개합니다. 세상의 구석구석에 존경스럽고 알이 꽉 찬 사람들이 살고 있었습니다.

스무 명 되는 우리 일행은 마당에서 엄청난 양의 손빨래를 하게 되었습니다. 일용직 일군으로 보이는 아주머니들을 도왔는데 빨래물을 담아놓은 커다란 통을 보고 깜짝 놀랐습니다. 물통 바닥엔 흙이 얇게 깔려 있고 그 위로 빨간 실지렁이들이 춤을 추고 있는 겁니다.

'아이고, 이게 뭐야? 이런 더러운 물로 빨래를? 헌데 이 아주머니 보소. 아무렇지도 않게 저 물로 빨래를 헹구네. 아하, 이게 일상인가?'

나이가 50은 넘었을 자그마한 여성이었는데 필리핀 공용어인 영어를 못 하는 걸 보아 아마 원주민인 듯합니다. 최소 급여나 겨우 받을 것 같아요. 이 양로원에서 급여를 주면 얼마나 주겠어요?

결국 우리도 그녀 따라 그 물로 빨래를 했습니다. 빨래를 마치자 그녀는 한동안 허리가 아파서 일어나지 못합니다. 몸짓 대화를 해 보니 좌골신경통이었어요. 맛사지 치료라도 해드리고 싶어 나를 닥터라고 소개했습니다. 어차피 피지컬테라피스트(물리치료사)라 해 봐야 못 알아들을 테니 닥터라 할밖에요. 과연 알아들었습니다.

맛사지를 해드리겠다고 하니 얼굴에 화색이 돕니다. 좌골신경 부위를 따라 종아리며 허리를 눌러 주고 두드려 주고 하니 굉장히 좋아합니다. 평생 의료 혜택도 받지 못하고 살아왔다는 듯이 치료를 반기네요.

측은한 마음이 무겁기까지 했습니다. 1%의 독점적인 부자들과 소수의 중산층, 그리고 85%의 극빈층이 산다는 나라 필리핀, 그 정치인들의 커다란 얼굴 광고판들이 떠올랐습니다. 선거철인지는 몰라도 도심이든 시골이든 가는 데마다 걸려 있던 그 얼굴들이요. 백성을 이 지경으로 만들고 자신들은 호화판 양탄자를 타고 날아다니는 그들이 미웠습니다.

빨래를 마친 후 이 불쌍한 마음을 안고 양로원 밥을 먹게 되었습니다. 흐이구, 밥알은 날아다니고 반찬은 조기 새끼만한 생선이 전부였는데 국도 없습니다. 가이드가 1식 1찬의 나라라고 하던데 식판이 텅 비었다는 느낌이었어요. 오병이어의 반찬이었지만 수천 년 전 사람들만큼 행복하지는 않았습니다. 이 역시 이들의 일상인가 하는 생각에 씁쓸한 마음이 절로 들었습니다.

테레사 수녀처럼 생긴 노수녀의 손에는 우리가 모은 약간의 후원금이 들려 있었고 그녀의 인사를 뒤로 하고 가엾고 불쌍한 필리핀 양로원에서의 반나절 봉사를 마쳤습니다.

여행을 하다 보니 그런 하잘 것 없는 생활이 많은 사람들의 일상이라는 것을 알게 되었습니다. 관광지인데도 〈세부〉의 마을들에서는 집집마다 돌 몇 개 받쳐 놓은 아궁이를 볼 수 있었습니다. 그 위에는 검게 그을린 밥통을 올려놓았는데 저 시커먼 용기에 밥을 해도 되는지 의아했죠.

그런데 놀란 것은 이런 보잘것없는 식생 속에서도 그들의 표정이 밝고 행복해 보인다는 점이었습니다. 아이들마다 우리를 보면

손을 흔들고 어른들은 사소한 일에도 박장대소를 합니다. 가난에 전혀 찌들지 않은 모습이었죠. 처음엔 그 표정들이 의아했습니다. 이렇게 빈곤한 데 어떻게 저런 표정이 나올까?

그 이유를 짐작하게 된 것은 〈세부〉 시내에서였습니다. 그곳은 우리가 주로 다녔던 유명 관광지의 변방 마을들과 달리 제법 빌딩과 자동차가 많은 번화가였지요. 차를 타고 지나는데 시내 사람들의 무뚝뚝한 얼굴들이 눈에 들어왔습니다. 요 며칠 흔하게 접했던 밝은 표정들과 분명히 대비되었습니다.

가게를 지키는 상인들의 얼굴에서 시골 사람들의 해맑음은 보이지 않았고 부지런히 교차하는 차량 탑승자들에게서도 그러했어요. 돈을 더 잘 번다는 도시민의 삶이 빈촌민의 삶보다도 못해 보였어요. 교복을 잘 차려입은 아이들 표정도 시골 아이들보다 더 어두웠습니다.

이때 다가오는 생각, 도심 사람들은 아는 만큼 탐욕이 많아져서 얼굴이 더 무겁구나, 시골 사람들의 순박한 웃음은 무지가 주는 행복이었구나 하는 생각이었습니다. 역설적이네요. '아는 게 힘'이라고 배웠는데, 그래서 더 많이 배우는 게 행복의 길인 줄 알았는데 필리핀에 와서 보니 전혀 그렇지 않았던 겁니다. 아는 만큼 비교가 더 되고 욕망이 더 커지는 걸까요? 그래서 금전과 권력과 명예에 더 집착하게 되는 걸까요? 그래서 우리 사회는 점점 더 해맑은 표정이 줄어가는 걸까요?

아이쿠야! 여기서 보니 지식이라는 놈은 행복을 훔쳐가는 도둑 같아요. 아는 만큼 행복이 멀어진다는 눈앞의 이 귀결을 어떻게 받아들여야 할지. 그렇더라도 오늘날의 지식 정보 사회에서 무지해서는 안 될 테니 어찌하나요? 과연 무지가 주는 행복이 더 클지 지식이 주는 행복이 더 클지 이젠 알쏭달쏭합니다.

(2010)

아이쿠야! 여섯 번째 _헛된 욕망

오늘 뉴스를 통해 굶주린 세 자매의 이야기를 들었습니다. 세 자매는 아버지와 계모에게 방치된 채 2년간 돌봄을 받지 못하고 자기들끼리 반지하방에 살면서 굶기를 밥 먹듯이 하다가 인근의 한 목사에 의해 발견되었습니다. 둘째(18세)는 영양실조와 척추염에 의한 허리디스크, 셋째(15세)는 골다공증과 고관절 골절에 이은 하반신 마비 상태였다고 하며 다행히 첫째(19세)는 비교적 건강하다고 하네요.

첫째는 굶주린 동생들을 위해 돈을 벌려고 공장을 찾아갔습니다. 공장을 운영하던 이는 목사 부인이었는데 목사는 얘기를 듣고 아이들의 상태가 걱정되어 가정방문을 하였습니다. 그리하여 이 사실을 알게 되고 지자체에 신고하여 적절한 도움을 받도록 했습니다. 현재 두 아이는 병원에서 치료를 받고 있으며 큰아이는 목사 가정에서 돌보고 있다고 하네요. 부모는 경찰이 수사 중이라고 합니다.

세 자매는 모두 학교를 안 간 지 수 년째로, 장기 결석에도 불구하고 학교에선 이들을 한 번도 찾아가 보지 않았다고 합니다. 단 한 번만 가정방문을 했더라도 이런 상태가 되도록 방치되지는 않았을 텐데 너무나 안타깝습니다. 학교가 전인 교육을 놓치고 있다는 비판이 줄을 잇고 있습니다. 입시 위주의 작금의 학교 교육은 한마디로 속이 터집니다. 서울대에 몇 명 합격했다는 식의 유치찬란한 학교 광고를 보는 일은 아주 흔합니다. 이 모든 게 헛된 욕망에 사로잡혀서 그렇습니다.

헛된 욕망이라, 가만히 생각해 봅니다.

서양이나 일본에서는 경차 비율이 50% 인근이라고 합니다. 우리나라는 10%도 안 되고요. 그들과 우리를 단순 비교해서는 안 되겠지만 그만큼 그들이 검소한 생활 방식을 가지고 있다는 생각이 듭니다. 거리의 차들을 보세요. 중형 자가용이 늘어나는 추세입니다. 필요에 따라 큰 차를 살 뿐 광란의 과시병은 아니었으면 좋겠습니다.

서울 어느 산에 올라보니 높이가 2m에 이르는 거대한 대리석에 산 이름을 새겨놓고 정상석으로 잘도 세워놓았더군요. 흡사 태백산의 정상석 같습니다. 태백산이야 민족의 영산으로 충분히 이해가 가지만 이 산은 높이가 400m도 되지 않는 데 웬일인가요? 그것도 광이 번쩍번쩍 나는 대리석으로요. 그 찬란한 광채에 화가 날 지경이었습니다.

인터넷 문화도 마찬가지예요. 댓글들을 보세요. 존중보다 비난에 가득 차 있는 것이 흡사 악마의 세계 같습니다. 그러는 사이 또 다른 불쌍한 세 자매가 어디선가 생겨날 것만 같습니다.

사실 남 얘기 할 것도 없네요.

요즘 경매에 대한 책을 읽었습니다. 어데 돈 좀 더 벌어볼 데 없나 해서요. 경매를 직업으로 사는 사람이 자신의 체험담을 적어 사람들로 하여금 경매투자를 권하는 책입니다. 낙찰이 되면 세입자를 내보내고 집을 수리해서 높은 값에 팔더군요. 쫓겨나는 세입자는 갈 곳이 없어 울고요. 세입자들의 아픔 위에 경매꾼들이 돈을 벌더군요.

이런 모진 일을 하려고 세상에 태어난 게 아니니 경매는 내가 할 일이 아니었습니다. 나에게 경매란 헛된 욕망의 자리로 보입니다. 하지만 박봉의 사회복지를 하는 나의 마음엔 항상 이런 욕망이 있어 어데 돈 좀 더 벌 데 없나 기웃거립니다.

세 자매의 뉴스로 가슴이 아픕니다. 경매꾼의 책을 보면서 가슴이 아프고 이런 책을 읽는 나를 보면서도 그렇습니다. 인생이란 헛된 욕망과의 끝없는 싸움일 텐데 어디까지가 헛된 욕망인지조차 모르겠네요. 이 싸움의 승패에 따라 내 인생 자체가 또 다른 세 자매가 될 수도 있겠다는 생각에 아이쿠야! 그 불쌍한 존재가 바로 나일 수도 있겠네요.

(2013)

제4부

못 다한 희망이야기

“장애인 공동체 이외의
사회복지 현장에서 만난 사람들과의 이야기”

할머니의 사업

오후 네 시쯤이면 할머니 한 분이 정강이까지 내려오는 민무늬 치마 차림으로 치료를 받으러 오신다. 허리가 아파서 물리치료를 받는데 거의 매일 이 시간대에 들어오신다. 무슨 일로 항상 이 시간에 오는지는 모르겠지만 규칙적인 생활을 하는 분이라는 생각이 들었다.

할머니는 눈앞의 형체를 겨우 보는 정도의 시각장애인이다. 나이는 65세밖에 안 됐는데도 허리가 굽어서 이래저래 지팡이 신세를 져야 한다. 허름한 옷차림이나 어데서 아무렇게나 구한 나무 지팡이를 보면 할머니는 영락없이 이 가난한 마을의 숱하게 많은 노인의 한 사람으로 보인다.

하지만 막상 할머니를 가까이 접하면 전혀 다른 느낌이다. 단정하게 땋아 올린 머리며 구름처럼 고운 하얀 얼굴, 그리고 무엇보다도 차분한 언사에서는 규수의 예의범절 같은 것이 묻어 나온다. 마치 몰락한 지체 높은 가문의 여인이라 할까, 뭐 그런 느낌이다. 이 고운 분이 시각장애는 웬일이며 어쩌다 이 가난한 마을에 살고 계실까?

1995년 서울의 한 영구임대아파트 단지에는 4,000여 극빈 가구가 모여 있었다. 단지 입구에 위치한 복지관은 이들의 삶을 돕기 위해 각종 사회복지 서비스를 수행하고 있었고 물리치료사인 나는 그 중에 물리치료를 담당하고 있었다.

어느 날 할머니가 남편을 모시고 왔다. 할아버지도 허리가 많이 아프다 하신다. 할아버지 역시 남루한 차림이었고 며칠은 면도를 하지 않은 듯 수염이 성글다. 할아버지도 지팡이를 짚었는데 할머니의 나무 지팡이와는 달리 하얀 플라스틱 지팡이다. 검은 안경을 쓰고 할머니의 손에 이끌려 걸어오신다. 깜짝 놀랐다. 할아버지는 할머니와는 달리 전혀 앞을 못 보는 시각장애인인 것이다.

이제 막 복지활동을 시작한 30대 초반의 나는 할아버지에게 어떻게 말을 건네야 할지 당혹스러웠다. 그냥 조심스레 아픈 정황을 묻고 치료를 해드렸다. 마치 장애인에게 조심스레 길 안내를 하듯 치료를 안내해 드린 느낌이었다. 퇴행성 염좌 정도의 요통이었는데 한 달쯤 오셨을까, 할아버지는 많이 좋아지셔서 그 후론 할머니 혼자 오신다.

두 분 생활이 몹시 궁핍하리라는 생각에 나는 그제야 어떻게 사시느냐 물었다. 그저 위로의 차원에서.

그런데 할머니 대답이 의외였다.

"사업이 잘 안 돼."

사업? 단발의 괘종소리처럼 놀라움이 지나갔다. 나는 잠시 할말을 잊었다. 정부 보조금만으로 생활하리라는 짐작은 '사업'이라는 단어 앞에 여지없이 무너졌다. 할머니가 무슨 사업을? 이분이 할 수 있는 일이 뭐가 있지? 상추라도 심어 파시나? 시각장애가 있는데? 도무지 짐작이 가지 않았다. 두 눈 동그래져 무슨 일을 하시느냐 물으니,

"지하철에서 껌을 팔아."

하는 게 아닌가? 그것도 마치 별일 아닌 듯 담담하게. 나는 다시 한 번 놀라서 정말이지 속으로 뒤로 넘어졌다. '지하철 껌팔이라니? 동냥거지?' 하는 생각으로 놀라는 나와 달리 그녀는 아무렇지도 않은 듯 자연스러웠고, 그 자연스러움이 나를 더욱 놀라게 했다. 나는 아무 말도 못 하고 있었다. 묻지도 않았는데 할머니는 계속해서,

"그 양반이랑 같이 다녀. 내가 앞장서지. 아저씨는 내 손을 잡고 따라와." 하신다.

할머니는 마치 나와 오랜 교감이라도 느껴지는지 부끄럽지도 않은 듯 망설임 없이 말을 이어 가셨다. 하지만 그와는 달리 나는 여전히 말을 잊었다.

순간, 무심코 지나쳤던 지하철의 많은 걸인들이 떠올랐다. 무상 동냥을 하거나 아니면 껌이나 볼펜을 팔던 이들, 그런 사람들을 지하철에서 매일 만났다. 지하철만 타면 으레 그런 사람들이 노래 따위를 부르며 앞을 지나갔다. 그것은 당시 흔히 볼 수 있는 하나의 지하철 문화 같은 것이었다. 사연이 적힌 종이를 무릎마다 올려놓고 적선을 구하는 아이, 껌 따위를 판다고 남의 다리 위에 올려놓고 천원을 외치는 사람, 그냥 소쿠리를 들고 노래라도 해서 노래를 파는(?) 장님들이 숱하게 많았다. 너무 많다 보니 나는 외면하기 일쑤였다. 그들은 나와는 다른 세상 사람들이었다.

아, 지금 내 앞에 계신 나의 환자가 바로 그네라니! 그들과 그렇게 자주 마주쳤어도 나와 관계있단 생각일랑 해본 적이 없는데. 30대 초반의 나는 일종의 문화충격을 받았다.

예상치 못한 답변에 자리가 갑자기 낯설어졌다. 온찜질을 깔아주는 자리치고는 너무 무거운 주제가 되고 말았다. 게다가 지난 반년 간 무심했던 점이 미안했다. 늘 같은 시간대에 들어오셔서 그저 규칙적인 생활을 하는가 보다, 정도로만 생각했는데. 이 시간은 할머니의 퇴근시간이었던 것을!

치료 베드가 8개, 혼자서 많은 인원을 치료하다 보니 누구와 가슴 깊은 대화를 나누기가 어려웠다. 무료 치료실이었고 전문가(물리치료사)가 왔다고 하여 환자가 배로 늘어났다. 혼자서 하루 3, 40명의 환자를 대해야 했고 운동치료와 통증치료를 모두 해야 하는 형국이어서 나중에는 오후 세 시면 허리가 몹시 아팠다. 할머니는 유독 말이 없는 편이었다. 나는 바빴고 할머니는 조용했다. 아, 그렇구나! 이럴 수가? 그동안 내가 너무 무심했구나!

차마 더 묻기가 죄송했지만 조심스레 물어보았다, 얼마나 버시냐고. 놀라고 있는 나와는 달리 할머니는 여전히 담담하시다.

"잘하면 한 달에 60만 원도 버는데 요즘은 힘들어."

엉? 60? 또 한 번 내 귀를 의심했다, 할머니의 사업(?)치곤 적은 돈이 아니었다. 내 월급이 90만 원이었으니 그 입장에선 사업이라 생각할 만했겠다. 최하층민에게 지급되는 정부 보조금이 20만 원 안팎이었으니 더욱 그랬다.

두 분이 그 정도 벌려면 얼마나 많은 땀을 흘려야 할까? 할머니는 길안내를 하고 할아버지는 뒤에서 그녀를 붙잡고 노래를 부르며 따라가셨겠지. 아니 하모니카를 연주했을까? 껌을 판다지만 아마도 소쿠리에 담아 놓고 적선을 기대하는 정도였겠다. 그 사업이란 것을 처음 시작할 때는 어떤 심정이었을까? 누군들 그런 일을 하고 싶겠나? 할머니의 한결같은 민무늬 치마차림은 아마도 작업복인가 보다. 아니 일을 마치고 치료실로 오면서 갈아입는 단벌옷일까?

자신의 사업에 대한 할머니의 당당함(?)과는 달리 나는 여전히 안타까웠다. 안타까움에 더하여 많은 게 궁금했지만 그 후로 한 번도 묻지 않았다. 별로 도와드리는 것도 없으면서 더는 묻기가 죄송했다. 양반집 규수 같아만 보이는 할머니의 예전 빈부귀천을 물어

보기란 이제 와선 더더욱 죄송스러웠다.

그 후로도 할머니는 꾸준히 물리치료를 오셨는데 변함없는 그 모습이 적잖이 다행스럽고 안심이 되었다. 뿐만 아니라 할머니의 무던한 모습에서는 그 어떤 희망까지도 느껴졌다. 젊은 내게는 이 상황이 놀라움이었다. 속으로 '이럴 수도 있구나, 부부가 다 앞이 안 보여도 사람이 긍정적으로 살아가지는구나' 하는 놀라움을 금할 수 없었다.

할머니와의 만남은 당시의 젊은 나로서는 존재의 재발견이었다. 할머니 한 사람뿐 아니라 무심했던 많은 사람들에 대해 다시 생각하게 되었다. 나름의 깊이를 가지고 있지 않은 사람은 세상에 아무도 없음을 할머니는 알려 주셨다. 스쳐 지나는 누구라도 사연 속에 깊은 우물 하나쯤은 가지고 있을 것이다. 아무렇지도 않게 만나는 사람들 가운데 또 얼마나 많은 깊음이 있어 두레박을 내리고 있을까?

그 뒤로 지하철에서 구걸 행인을 만나면 도저히 예전처럼 모른 체 할 수가 없었다. 개중에는 가짜들도 있다는데 그건 내 알 바 아니었다. 모두가 나의 할머니처럼 보였으니까. 속는 셈치고 얼마간의 도움을 드려야 마음이 편했다. 하지만 솔직히 말해서 구걸 행인을 모른 체하는 일은 일 년도 못 가 다시 시작되었다. 어쩌다 할머니가 생각나면 내가 이러면 안 되는데 하면서도 별로 달라지는 건 없었다. 나는 둔하다. 남의 깊음을 헤아리는 데에 둔하고 행동으로 나서서 도와주는 건 더더욱 그렇다. 그런 내가 달라져서 나도 마음 입구에 정자 하나 있어 아무런 누구와도 쉬이 깊음을 나누었으면 좋겠다.

(1995)

흰 지팡이

치료를 받던 그가 화장실에 다녀오겠다며 나간다. 길안내를 해드리겠다고 했더니 이젠 혼자 갈 수 있다며 서슴없이 간다. 한 시간 전에 모시고 갔던 길이지만 당연히 이번에도 안내해야 할 줄로만 알았다. 그런데 검은 안경을 쓴 사내는 내 도움을 거절하고 지팡이로 바닥을 톡톡 두들기며 곧장 가더니 멈춤도 없이 직각으로 코너를 돌고 또 돈다. 잘도 찾아간다. 안 보인다면서 어찌 저리 자신 있게 발을 옮길까?

그렇다, 그는 1급 시각장애인으로 앞을 전혀 못 본다. 40대 초반으로 170cm쯤 되는 키에 건강한 편이었던 그는 일정한 벌이가 없다. 아니 있는데 빼앗겼다. 그의 말에 의하면 안마사로 일하던 중 정부의 단속으로 직장을 잃었다. 언젠가부터 안마시술소가 전국에서 성행했고 이것이 미풍양속을 해친다는 사회적 분위기가 크게 고조되어 정부는 전국의 수많은 안마시술소를 강제로 폐업시켰다.

그 바람에 그는 억울한 피해자가 되고 말았다.

안마 외에는 달리 할 수 있는 일이 없던 그는 쉬는 김에 아픈 곳을 치료하러 우리 복지관에 침을 맞으러 왔다. 연세가 칠순이 넘은 침구사께서 지난 수 년간 매주 월요일 무료 침 시술을 해주셨는데 경험이 많으셔서 그런지 소문이 좋아 많은 사람들이 침을 맞으러 왔다. 물리치료실의 한쪽 침상을 빌려서 시술을 했기 때문에 내가 교통정리를 해야 했는데 그 와중에 자연스럽게 그를 만나게 되었다.

침만 맞던 그는 나에게 물리치료도 받게 되었다. 그가 아픈 곳은 어깨였다. 팔이 올라가지 않아 일상생활에 지장이 많았다. 흔히 동결견 혹은 오십견이라 불리는 현상인데 아마 안마업의 후유증이리라. 물리치료를 받으면서 다행히 그는 빠르게 회복되었다. 그의 상태는 오십견 원인 중 하나인 '극상근 건염'이었고, 그 병소를 맛사지 하는 등 집중 치료해 주니 몇 달도 안 되어 다 나았다.

이제 치료가 끝났다고 하는데도 나중엔 어디가 조금만 아파도 나를 찾아왔다. 또 오셨냐 하면 '고 선생이 최고라 그래' 하며 엄지척을 했다. 이럴 땐 괜한 겸양보다 그냥 '그렇고 말고요' 식의 웃음 맞장구를 치는 것도 좋다. 나는 그보다 다섯 살 정도 어렸고 우리는 치료는 물론 밥도 같이 사먹는 등 친하게 지냈다.

다만 문제는 앞도 못 보는 그가 너무 멀리서 나를 찾아온다는 데 있었다. 그의 집이 어딘 줄 알면 이 행사(?)가 놀라울 것이다. 그의 집은 신림동이고 우리 복지관은 중계동이니 그가 여기까지 오려면 두 시간이 넘게 걸린다. 지하철을 2호선에서 4호선으로 한 번 갈아타야 하고 내려서도 마을버스로 갈아타야 한다. 앞도 못 보는데 혼자서 지하철을? 상상만 해도 겁이 났다. 그때만 해도 지하철 대기선 앞에 안전문이 없어서 발이라도 헛디디면 철로로 떨어지는 상황이었고 실제로 그런 사고가 가끔 났다. 그러니 그가 치료 받겠다고 오는 것을 마냥 반길 수만은 없었다. 게다가 한 번 다녀가면 하루해가 저물고 마니 그의 방문은 하나의 행사나 다름없었다.

"지하철이 위험할 텐데 안 무서우세요?"

"지팡이가 있어서 무섭지 않아요. 그리고 우리는 한 번 간 길은 문제없어요."

지팡이가 있어 지하철이 무섭지 않다? 이해가 가지 않았지만, 손사래를 치는 그의 대답에는 거침이 없다. 혹시 앞이 보이는 게 아닌가 생각될 정도다. 사실 평소에도 그의 말투는 걸걸하고 정상에 이는 바람처럼 시원하다. 사고(思考)가 긍정적이고 얼굴엔 낯꽃이 핀다. 그런 모습이 참 좋았다.

같이 길을 가면 그의 자신감이 사실임을 알게 된다. 그를 보호하려는 나의 긴장된 걸음과는 달리 그의 걸음은 비둘기처럼 총총 가볍다. 특히 횡단보도를 건널 때 신호등이 바뀌기 전에 건너야 해서 나는 조바심 속에 따라간다. 하지만 그때마다 툭툭 땅을 짚는 지팡이 소리가 내 걸음보다 더 빨리 들려 나를 무색하게 한다. 여느 보행자와 다를 바 없다.

지팡이에 장애물이 닿지 않는 한 그의 걸음은 거의 직선이다. 한 번 가본 곳은 거의 지형을 파악한 눈치다. 그저 놀랄 뿐이다. 나는 눈 감고는 무서워서 열 걸음도 못 가는데, 뭔가에 부딪힐 것 같고 심지어는 낭떠러지로 뚝 떨어질 것만 같은데.

그의 말로 종합해 보건데 촉각 내지는 기억력이 시각을 대체한 것 같다.

물리치료실 앞 화장실을 혼자 갈 때 그는 이렇게 말했었다.

"앞으로 여덟 걸음 갔다가 오른쪽으로 여섯 걸음, 다시 왼쪽으로 세 걸음 가면 되요."

웬만한 곳은 한 번 다녀오면 방향과 걸음 횟수를 외워 버린다고 그는 말했고 나와의 숱한 동행에서 이를 입증했다. 지하철을 무서워하지 않는 것도 조금씩 이해가 되었다.

보는 것은 눈만이 아님을 그를 통해 느낀다. 동물과 비교해서 죄송하지만 달리 비교할 대상이 없어 언급해 보자면, 돌고래가 초음파로 지도를 그리듯, 박쥐가 앞이 안 보여도 나무 사이를 쌩쌩 날아다니듯, 그도 여타 감각에 의지하여 지형도가 그려지는 모양이다. 참으로 신기하다.

매년 10월 15일 '흰지팡이 날'에 선포되는 '흰지팡이 헌장'에서는 이렇게 천명한다.

누구든 흰지팡이를 동정을 불러일으키는 대상으로 잘못 이해해서는 안 될 것입니다.

내가 볼 때, 동정은커녕 성취와 능력의 상징 같다. 위의 헌장에서도 '흰지팡이가 시각장애인의 자립과 성취를 나타내는 전 세계적으로 공인된 상징'이라고 선언한다. 가히 그럴 만하다. 그에게 흰지팡이는 능력의 상징이니까.

가끔 연수 겸 봉사를 하러 온 사람들에게 시각장애 체험을 시킬 때가 있다. 우선 흰 지팡이를 하나씩 주고 땅을 짚는 연습을 시킨다. 좌우전방을 톡톡 두드리면서 한 걸음씩 나아가는 연습이다. 이윽고 눈에 안대를 씌우면 어둠의 세상이 찾아온다. 우선 차에 타서 탑승 체험을 한다. 눈을 감고 차를 타면 신기하게도 시공간이 길어진다. 5분이 10분 같고 가까운 거리인데도 꽤 먼 거리를 움직였다는 느낌이다. 나중에 알려주면 겨우 이거 온 거냐고 흔히들 되묻는다. 어둠 속에서는 시공간이 상상을 따라 늘어나는 고무줄 같다.

어딘지도 모르는 곳에 내려 박수소리를 따라 지팡이 보행을 시작한다. 조심조심 걷는데 뭐가 만져진다. 문 같다. 밀면 이 문이 다시 와 부딪힐까 조심스럽다. 또 문, 문은 왜 이렇게 많나? 무슨 소리가 난다. 다가오는 것은 아닐까? 가장 긴장감이 높아질 때는 바닥의 형질이 달라질 때다. 흙길, 시멘트길, 일부러 천을 엉성하게 깔아놓은 길. 넘어지면 큰일인데, 여기저기 놀라는 소리, 섬뜩섬뜩 두렵고 땀이 흥건해진다. 30분 후에 안대를 걷고 어둠 세상을 빠져나오면 모두들 숙연해진다. 어른, 아이 할 것 없고 직원, 사장 할 것 없다. 누구든 한없이 약해진 자신을 느낀다. 삶이 이렇게 약하고 무거울 수가 없다.

시각장애 체험을 할 때마다 그를 생각하면 그 밝은 표정과 활기찬 음성이 대단하게 다가왔다. 지팡이의 승리 혹은 시각장애인의 승리를 느끼곤 했다. 수많은 굴절 속에서도 직선으로 살아가려는 그의 몸부림이 오랜 세월이 지난 지금도 느껴진다.

또한 시각장애인이라고 해서 무턱대고 불쌍하게 생각할 필요가 없다는 것을 그를 통해 알았다. 불쌍하다는 생각은 잘못된 선입견으로, 도움이 필요할 뿐이지 불쌍한 게 아니다. 이는 어떤 유형의 장애인이든 마찬가지다. 아니 어떤 사람도 마찬가지다, 장애인이든 아니든.

시각장애인인 그는 내 어리석은 부분을 일깨워 줌으로써 나를 도왔다. 학창 시절 어느 교수님이 '도움은 톱니바퀴처럼 되물린다'고 하셨던 말씀이 기억난다. 그때는 그 뜻을 잘 몰랐지만 살아갈수록 조금씩 알 것 같다.

그의 자신감은 장애인과 비장애인이 동등하다고 울리는 종소리 같은 것으로 그의 곁에 있으면 그 울림이 들렸다. 후로 나는 많은 장애인들을 만났는데 다른 유형의 장애인에게서도 그 울림을 들었다. 시를 쓰는 뇌성마비인, 발가락 글씨로 검정고시에 합격한 사지마비인, 장애인체전 메달리스트, 살을 빼겠다는 강한 집념으로 자신을 이겨 가며 런닝머신 운동을 하는 지적장애인 등등 많은 장애인들이 그 종을 울렸다.

어느 날 그는 일을 하러 지방으로 간다고 불현듯 작별을 고했다. 그러고는 다시 오지 않았다. 핸드폰도 없던 시대였다. 더운 여름날의 소나기처럼 시원한 청량감을 주었던 그, 광야의 종소리처럼 다가왔던 그가 많이 보고 싶다.

(1996)

젊은 노년

노인대학 학생들의 생활은 젊다. 배움의 열기가 한가득하다. 셔틀버스나 자신의 승용차를 타고 와서 수업 준비물을 들고 각 교실로 흩어지면 2001년 '남양주시 노인복지관'은 총 20개 내외의 강좌로 수런수런해진다. 2층과 3층 복도에서는 만학의 재미에 취해 오가는 어르신들의 발걸음이 가볍고, 따스한 햇살이 내리쬐는 마당에서는 게이트볼을 치는 소리가 소담스럽다. 도란도란 흐르는 개울 주위로 늦깎이 학생들의 웃음꽃이 온종일 피어난다.

3월이면 처음 보는 어르신들이 많이 보이는데 그분들은 신기로운 만학의 순간인 듯 배우는 재미에 쉬이 빠진다. 물리치료실도 있어서 신입생들은 물리치료까지 보너스로 받고 간다는 푸짐함에 노인대학 오기를 잘했다고 좋아한다.

노인대학에는 매일 100명 남짓 학생들이 몰린다. 전체 인원이 300명쯤 되며 대개 7,80대이고 60대는 소수인데 여기서는 청춘

대접을 받는다. 어르신들 말로 '애'다. 내가 곁에서 느끼기에도 60대는 여기선 청춘이다. 그런 분들은 대개 총무 격이 되어 잔일을 도맡지만 오히려 이런 정황을 즐기는 듯하다. 뜻밖의 청춘 대접이 좋은 것이다.

한글, 한문, 서예, 영어, 컴퓨터 같은 수업은 차분하니 진중한 반면 국악, 무용, 스포츠댄스, 노래 교실 같은 예능 수업은 시끌벅적 천진하다. 50평이 넘는 넓은 예능 교실에는 장판이 깔려 있어 마음껏 춤과 끼를 발산할 수 있고, 학교처럼 칠판과 개인 탁자가 갖추어진 5평 미만의 작은 교실들에서는 학구열을 불태울 수 있다. 한쪽 교실에서 서예를 배우느라 묵향 냄새가 은은하다. 전직 교장이었던 서예 강사 어르신은 강의를 마치는 순간 자기도 학생이 되어 다른 수업을 들으러 가신다.

가장 인기 있는 수업은 단연 노래 교실이다. 다른 수업들은 동시에 몇 개 교실에서 진행되지만 노래 교실만큼은 강당에서 단독으로 진행된다. 아침 10시, 100개 넘는 의자가 꽉 차도록 모이면 저마다 가수가 된다. 〈목포의 눈물〉이며 〈한많은 대동강〉이며, 어떤 노래든 그것은 일제 식민 치하와 6 · 25전쟁을 거쳐 갖은 고생을 한 어르신들이 부르는 삶의 진혼곡이다. 그들이 언제 이렇게 원 없이 노래를 불러봤을까?

나는 〈생활물리치료〉 강좌를 맡아서 일주일에 한 번씩 수업을 하고 그 외 시간엔 이곳 물리치료실을 지킨다. 나는 모 대학 평생

교육원에서도 같은 과목을 가르치는 강사라서 우리 노인대학에서 한 강좌를 위촉받았다. 팔, 다리, 어깨, 무릎, 허리 등에서 발생하는 근골격계 질환에 대해 일상에서 어떻게 예방하고 치료하는 지를 알려드린다. 내 수업은 노인대학 학생이면 누구나 자유롭게 올 수 있는데 별로 인기는 없어서 늘 열다섯 명 내외로 모인다.

대학에서와는 달리 여기서 나는 다소 푼수 강사로 통한다. 수업하다 노래하다 웃다가 울다가 하기 때문이다. 이분들에겐 지식보다 중요한 것이 남은 생을 웃으며 사는 것이다. 그래서 강의도 진지하게만 진행하지는 않는다. 중간 중간에 노래도 하고 개그도 한다. 그러다 보면 화요일엔 화가 나도 웃고 목요일엔 목숨 걸고 웃고 월요일엔 원래 웃는 생이 되겠거니.

수업 사이사이로 학생들이 물리치료를 받으러 우르르 몰려오면 일곱 개의 침상이 순간 꽉 찬다. 커다란 고무나무 화분 뒤로 남쪽 나라의 햇살이 날아 들어와 어른들의 아픈 몸을 어루만진다. 하루는 한 분이 찜질을 받더니 이런 말씀을 하신다.

"오메, 뜨끈한 거! 영감 품보다 낫네."

핫팩이 영감 품보다? 푸하하, 웃음이 터져 나왔다.

나는 노인정을 많이 찾아다녔다. 남양주시는 물론이요, 멀리 가평군까지 방문 물리치료를 하러 다녔다. 때로는 개인적인 봉사로, 때로는 사회복지사와 국악 강사를 따라서. 아마도 스무 너머 곳은 갔을 텐데 가는 곳마다 어르신들은 화투를 치고 있었다. 화투 놀이가 혼자 지내는 적적함보다야 월등히 낫겠지만 장시간 앉아 있으면 건강에는 그다지 좋지 않다. 나도 친구들과 밤이 새도록 화투를 쳐봐서 알지만 허리 통증을 피할 수 없다. 노인정에선 대체로 10원짜리 판인데 그걸 가지고도 서로 싸우고 앙숙이 되는 일이 있어 담당 사회복지사가 어떡하면 좋냐고 고민하는 일도 있었다.

이처럼 노인정의 침침한 화투 문화만 보던 나로서는 노인대학에서 접한 노인들의 학구 열정이 대단히 신선하게 느껴진다. 수업이 끝났어도 늦게까지 장구를 연습하는 모습들은 청춘가도의 그것이었고 컴퓨터를 처음 접한 어르신들이 독수리타법으로 숙제를 하는 모습은 죄송한 표현이지만 귀엽기까지 하다. 신입생은 물론이요, 오래된 고참들도 학구열이 대단하다. 아마도 배움의 기쁨은 나이가 들수록 더해 가지 않나 싶다.

이뿐 아니다. 노인대학 임원진들의 활력은 더욱 나를 놀라게 한다. 임원에는 회장, 부회장, 총무와 무슨 무슨 부장 등의 자리가 있는데 이분들은 말 그대로 '맥가이버'다. 노인대학 환경에는 의외로 손이 가는 허드렛일이 많은데 그때마다 젊은 날 익힌 기술들이 말을 한다. 임원들은 집에도 가지 않고 하루 종일 노인대학에 살면서 직원들이 미처 못 하는 일들을 척척 해내신다.

회장님은 아예 개인 공구를 들고 학교에 오셔서 종일 계시다가 직원들이랑 같이 퇴근할 판이다. 65세의 총무님은 무릎이 아프면서도 막내를 자칭하며 청년처럼 일을 해내신다. 식당 아줌마가 일손이 부족해 보이면 총무님은 냅다 소매를 걷어 올리고 2,000원 하는 노인대학 점심 나눔 거리를 돕는다. '나는 막내니까' 하는 생각, 참 좋다. 임원들의 활력을 보면서 나도 저렇게 늙어가야겠구나 하는 생각을 한 적이 한두 번이 아니다.

이뿐이랴? 또 있다. 많은 노인대학 학생들이 도시락 배달 봉사를 하신다. 남양주시에는 홀로 사는 노인들이 많아 매주 금요일 우리 복지관에서 이분들에게 밑반찬을 배달한다. 인근 5개 읍면동 100여 명의 독거노인들이 그 수혜자다. 그들 대다수는 빌라에 살지만 더러는 비닐하우스나 콘테이너 박스에 사는 사람도 있다. 밑

반찬은 어디서 사는 게 아니고 다채로운 맥가이버들이 뚝딱뚝딱 만들어 낸다. 새벽부터 반찬 도사들이 모여 무채를 썰고, 엊저녁 담가 놓은 짱아찌를 봉지에 나눠 담는 등 부산하다. 수백 개의 반찬이 다섯 대의 차에 나눠 실려 부채처럼 퍼진다. 그중 어르신들의 승용차가 네 대다. 매 번 스무 명 이상의 어르신들이 자원하여 나서는 모습은 한 폭의 부채춤이다.

이것이 노인대학 문화다. 1년 내내 배움과 봉사의 나날들이 모인다. 교제의 기쁨은 덤이다. 신입생들은 한글을 배우러 왔다가 이 문화에 취해 평생의 보람을 느낀다. 나아가 이것이 모든 노인의 문화가 되었으면 좋겠다. 이 문화는 개인을 젊게 만들어주고 그 가정과 사회를 맑게 할 것이다. 점차 고령화 사회가 되어 가는 이즈음, 이 문화가 사회에 널리 퍼졌으면 좋겠다. 나도 마찬가지, 내가 노인이 되면 어떻게 살아야 할지 자꾸만 되새겨진다.

(2002)

그 해 여름 우리는

노인 복지관의 여름은 캠프 열기로 뜨겁다. 해마다 100명 정도 인원으로 3일간 진행되는데 얼마나 재미있고 유익한지 어르신들이 한 3년은 젊어지는 것 같다.

보통 6월 중순 노인대학 방학이 시작되면 그 기간을 이용해 여름 캠프를 한다. 복지관 안에서 하루 숙박까지 하는 행사라 보통 신경 쓸 일이 많은 게 아니다. 준비할 것도 어마어마하게 많아서 어르신들도 짐을 한 보따리씩 싸매고 와야 하지만 우리 직원들도 한 트럭 분량의 물품을 준비해야 한다. 그런데도 누구 하나 불평하지 않는 것은 그만큼 여름 캠프에 대한 기대감이 크기 때문이다.

올해(2003년)도 참가 신청서가 쇄도하여 우리는 즐거운 비명을 질렀다. 인원이 적으면 어떡하지 하는 걱정은 기우였다. 캠프를 홍보하고 참여를 권했을 때 작년의 추억이 너무 좋아 반응이 뜨거웠다.

올 캠프 이야기를 하기 전에 우선 작년의 그 즐거웠던 추억 보따리부터 냉큼 풀어야겠다.

작년은 2002 월드컵 열기가 너무 뜨거워서 캠프도 의도치 않게 그 연장선에서 실시하게 되었다. 캠프가 7월 초였는데 조별 장기자랑대회에서 불과 보름 전인 6월 18일 이탈리아 전에 나온 안정환 선수의 헤딩골 장면을 우리 조가 연출하기로 했다. 어르신들은 너나 할 것 없이 흥분된 역사의 주인공이라도 되는 양 콩트에 참여하셨다.

중계방송 마이크를 잡으신 팔순의 어르신은 입담이 점잖고 구수하셨다. 잠깐 어르신 얘기를 하자면, 젊은 날 홍콩에서 수기(手技) 치료실을 운영하며 큰 성공을 거둔 분이다. 거의 매일 노인대학에서 학구열을 발산하는데 물리치료실에도 자주 오셔서 내게 많은 덕담을 해주셨다. 동양 의서를 가지고 계셨는데 이제는 필요 없으니 고 선생 가지라며 스무여 권이나 주셨다. 중국의 황제내경이나 인디아 맛사지 원서 같이 좀처럼 구하기 힘든 책들이어서 얼마나 좋았는지 모른다.

다시 콩트 얘기로 돌아와서, 그날 행사는 인근 고등학교 체육관을 빌려서 진행하였다. 우리 조가 20명 정도 되었는데 대한민국 팀은 온 국민이 입고 다니던 붉은 악마복을 입고 이탈리아팀은 푸른 조끼를 걸쳤다. 평균 칠순의 어르신들이 공을 찬다고 뛰어다녔지만 그것은 다치지 않을 만큼의 엉금 뜀으로 아나운서의 중계에 따라 모션을 취하는 수준이었다.

마지막 장면이다. 한 어르신이 안정환 선수 머리로 공을 던져주었다. 공이 머리에 맞고 골대로 향하자 이탈리아팀 골키퍼는 공을 피해 슬라이딩을 하였다. 그런데! 헤딩 결승골 연출 이후 어르신들이 돌변하고 말았다. 얼마나 기분들이 좋으셨는지 동작이 그만 과해진 것이다. 모든 참가 선수들이 손에 손을 잡고 달리더니 바닥에 슬라이딩을 해버린 것이다. 이른바 골 세레머니. 국가대표 선수들이 했던 그대로였다. 이때 아니면 언제 해보겠는가 하는 작심으로 온몸을 던진 것 같다. 하긴 당시 온 국민의 마음이 그랬으니 어르신들이라고 다를 바 있으랴? 각본에도 없는 장면에 바라보는 사람들 모두 어안이 벙벙했다. 마루바닥인데 다치면 어쩌려고!

허나 이 장면은 7,80대 어르신들을 청춘으로 돌려보낸 순간이었다. 또한 우리 조에게 캠프 우승을 가져다준 순간이기도 했다. 덕에 나는 한동안 멍든 무릎들을 치료해드리느라 힘들었지만 그것은 두고두고 함지박 웃음이었다. 그해 여름이 훅, 젊어졌디.

작년의 그 어르신들은 올해까지 하나도 늙지 않으신 것 같다. 기대하는 캠프가 내일 모렌데 어찌 늙으랴? 다시 한 번 달려야지!

무언가를 기대한다는 것, 이거 별 일 아닌 것 같지만 실은 어마어마한 일이다. 때론 한 주, 때론 한 해를 즐겁게 해준다. 나아가 어떤 기대는 한 평생을 살아갈 힘을 주기도 한다. 이를테면 여름휴가를 계획하면 한 달이 즐거워지는 경험 같은 것이다. 나 같은 사람은 축구 경기가 예정되면 그 기대감으로 며칠간 즐겁다. 그러니 남에게 무언가를 기대하게 만든다면 정말 큰 일을 한 것이다. 우리 여름 캠프가 어르신들에게 언제까지나 바로 그런 기대감을 주었으면 좋겠다.

이제 올해 이야기를 할 차례다.

복지관 강당 정면에는 '제9회 어르신 여름 개그 캠프'라는 현수막이 웅변하듯 걸려 있고 100석이 넘는 좌석은 캠프 참가자들로 가득했다. 올해는 외부 전문 강사를 초빙해 둘째 날까지의 모든 순서를 맡겼다.

드디어 둘째 날, 오늘 조별 장기자랑대회는 캠프 행사 중 가장 배당점수가 높다. 다섯 개로 나뉜 각 조들은 캠프 전부터 이 시간

을 위해 연습하고 분장을 준비했다. 노래, 장구춤, 마당극인 이수일과 심순애 등등 이름만 들어도 분위기가 치열하다.

우리 조는 어르신들 좋아하는 정치 토론을 콩트로 연출했다. 내가 각본을 짜고 다섯 명의 어르신들이 패널로 나와 역대 대통령 흉내를 내며 열띤 토론을 하는 것이었다. 특히 올해는 대통령 선거도 있었고 노무현 대통령이 임기를 시작한 해라 조원들이 정치에 관심이 많았다. 그래서 주제가 쉽게 모여질 수 있었고 그만큼 재미있게 준비했다. 대통령들의 이름을 약간씩 우습게 바꿨는데 이를테면 '김대중'은 '김다중'으로 '김영삼'은 '김뺑삼'으로 바꾸는 식이었다.

한 어르신은 농부 출신인지 꺼무잡잡한 얼굴에 전라도 사투리가 아주 구수해서 김대중 대통령 역할에 아주 적합했다. 우리 조는 회의 끝에 각각의 역할을 정했고 그 어른은 김다중으로 출연하셨다. 나는 토론 진행을 맡았다.

토론이 시작되었다. 패널들이 저마다 대통령 흉내를 내는 모습이 제법 진지했고 그럴수록 우스웠다. 강당의 모든 사람들이 재밌어라 바라보는 가운데 토론은 점차 난장판으로 이어졌다. 강당 여기저기서 킥킥 웃는 소리가 들렸다. 와중에 김다중 어르신의 사투리가 전라도 어느 깡촌의 논두렁을 달리 듯 투박하여 인기를 높이고 있었다. 그런데 김다중 어르신이 뜬금없이 이렇게 말했다.

"에, 나는 돼지저금통만 보면 에, 그랑께, 전기를 절약해야 쓰겄다는 생각이 든다 이 말입니다."

노무현 대통령이 투명한 정치자금 기부문화를 만들기 위해 벌인

〈희망의 돼지저금통 모금운동〉과 관련된 상황이었다. 거기에 전기 절약이 왜 나오는지 다들 의아해 하는데 어르신은 좌석 아래에서 빨간 돼지저금통을 꺼내 들더니 돼지코에 220V용 플러그를 냅다 꼽아대셨다.

"이게 왜 안 꼽히냐?"

하며 연신 찔러대는 어르신의 개그에 웃음폭탄들이 터졌다. 젊은 전문 강사도 웃겨서 정신을 못 차린다. 이른바 어르신의 세계에 몰입되는 순간이다. 80세가 된 김대중 전 대통령이 치매라도 걸린 듯 보였고 그러니 이제 그만 정치에서 물러나시라는 메시지였다. 순간 콩트의 완성도가 높아졌다.

김다중 역의 어르신은 캠프가 끝나는 날 캠프 대상을 받았다. 이른바 최우수 캠프참가자상. 일제 강점과 동족상잔의 전쟁을 거친 이분들의 세대에선 상을 받는 일 자체가 생소한 것이리라. 하여 그 기뻐하는 모습이란 동심 그 자체였다.

이 모든 일들이 생이 젊어지는 순간이다. 노인 세대라고 해서 결코 늙고 약하기만 한 것은 아니다. 어느 세대나 그 세대의 장점을 잘 살려서 살아간다면 언제나 젊다고 단언할 수 있다. 고전무용 반 어르신들은 재작년에 이어 작년에도 경기도 여가생활 경연대회에서 큰 상을 탔고 우리 자원봉사 어르신들도 상을 받았다. 이런 것들이 자신의 삶에 자부심을 심어줄 테니 얼마나 그 생이 든든해지겠는가?

우리 복지관에서는 작년부터 어르신들을 시니어(senior)라고 공식 지칭하기로 하고 노인대학 이름도 〈남양주시니어대학〉으로 바꿨다. 사회를 주도(senior)하고 가족을 주도하고 자기 자신을 주도하는 삶이 이 시니어대학에서, 시니어 여름 캠프에서 지금도 펼쳐지고 있다.

(2003)

고독한 007

요즘 '유임스 본드'가 유명하다. 유임스 본드라, 개그맨 유재석 씨의 애칭인데 007 제임스 본드가 알면 어떻게 생각할지. 본인이 직접 지었겠지 생각하니 절로 웃음이 터진다. 그가 주는 웃음은 여유롭다. 억지 우스꽝이 아니라 편안하게 하는데도 웃도록 해준다. 살면서 누군가에게 이런 웃음을 선사한다면 얼마나 좋을까?

2000년도 초반에 노인대학에서 어르신들에게 〈생활물리치료〉라는 강의를 했다. 가르친다는 생각보다는 노년을 즐겁게 해드린다는 생각으로 강단에 섰다. 당시 어떻게 보면 나는 푼수 강사였다. 점잖아야 할 강사라는 존재가 사람들 앞에서 온갖 푼수를 다 떨었으니까. 이따금 다른 강의가 결강되면 내가 그 반 학생들까지 모두 모시고 넓은 강당에서 수업을 했는데 점잖은 의료 수업 시간에 터지는 푼수 한마당에 어떤 신입 어르신들은 한참 웃다 말고 '저

노인대학 <생활물리치료> 강좌

사람 뭐야? 강사 맞아?' 하는 눈으로 바라보았다.

강의 말고도 여러 상황에서 나는 푼수가 되었다. 한 번은 노인대학 입학식이 있던 날이었다. 200명쯤 되는 어르신들이 강당에 앉아 행사 시작을 기다리는데 무슨 일인지 몰라도 갑자기 20분만 시간 좀 때워 달라는 부탁이 나에게 들어왔다. 직원이자 강사 자격으로 양복을 입고 점잖게 앉아 있던 나는 어리둥절하니 웃고는 단상에 올라가 어르신들과 한탕 놀아 버리고 말았다. 노인대학의 최애곡 '내 사랑은 해바라기꽃'으로 시작하여 중풍 예방 강좌로 끝나는, 우리끼리나 꽁냥꽁냥 통하는 말도 안 되는 상황 전개였지만 그런대로 통했다.

봄가을에 노인대학에서 당일 나들이를 가면 가벼운 나들이의 경우 대개 내가 게임 진행 당번을 맡았다. 잘은 못 했지만 추억의 노래를 좋아하는 어르신 문화를 활용하면 그런대로 반응이 좋다. 어르신들은 노래가 나오면 너무들 좋아한다. 신속히 동화되는 그들의 노래 반응은 처음 겪는 사람이라면 누구나 놀란다. 하지만 익숙해지면 자동문처럼 당연함을 알게 된다.

어느 가을에 200명이 포천으로 나들이를 갔는데 현장에 직접 오기로 했던 레크레이션 강사가 오전에 급한 일이 생겨 오후에나 온다는 연락이 왔다. 관장님과 담당 직원은 안절부절못하더니 나더러 레크레이션을 진행할 수 있겠냐 한다. 아무런 준비도 없었지만 '뭐 까이꺼, 하죠.' 하며 앞으로 나갔다. 이때만 해도 나는 유임스 본드가 아니라 고임스 본드, 어르신들은 이미 나와 함께 봄날을 즐길 준비가 되어 있었다.

가을의 단풍색 옷을 입은 어르신들은 조별로 길게 앉아 내가 뭘 하려나 바라보셨다. 유료 입장을 하는 곳이어서 그런지 정원과 산책로, 그리고 넓은 잔디밭이 조성된 공원에는 우리말고 방문객이 보이지 않았다. 그렇다면 물론, 얼마든지 떠들어도 좋겠다. 이 좋은 장소에서 마음마저 가벼운 날이라면 더더욱.

일단 마이크를 잡고 '노세 노세 젊어서 놀아'를 한 곡 때리니 어르신들이 한 줄 가사만에 여기저기서 일어나 춤 난리다. 오늘같이 즉흥이라면 일단 노래로 시작해야 일이 아주 쉬워진다. 내가 아는 게임이라야 어르신들이 수도 없이 해오셨을 익숙한 것들뿐이겠지만 일단 기분을 맞춰드리면 아무 상관 없어, 그날 두어 시간 아주 난리가 났다.

다음 날 멋쟁이 여학생 한 분이 물리치료실에 오셔서 이런 말을 하신다.

"오후에도 고 선생이 그냥 하지 그랬어. 아, 노인들하고 풍선놀이가 다 뭐야, 풍선놀이가."

하하 호호, 같이 웃을밖에.

나는 집안이 노래 좋아하는 전라도 목포의 눈물 출신이라 옛 노래를 어릴 때부터 많이 듣고 부르고 자라 이것이 노인 복지관 직원 생활에 큰 도움이 되었다. 이걸 모르는 외부 강사들은 풍선 게임이 다 뭐다만 하다가 간혹 크게 초를 친다.

노인 복지관을 그만둔 지도 근 15년이라는 세월이 흘렀다. 그때만 해도 푼수 된다는 게 참 쉬웠는데, 어르신들에게 행복을 선사하는 게 그렇게 좋았는데, 물리치료사로 갔지만 수업 강사에 레크레이션 강사까지 1인 3역을 아들같이 즐겼는데. 그만큼 그때는 열린 마음을 가지고 사회복지에 임하지 않았나 하는 생각이 든다.

그런데 지금은 그게 안 된다. 아주 어렵다. 사람들에게 이런 웃음을 줘 본 지도 오래되었다. 마음이 닫혀 가고 있다는 방증일까?

생각하면 슬픈 일이다. 누가 밥 먹자고 하는 일도 훨씬 줄었다.

웃음을 회복하거나 초심으로 돌아가는 길을 어디서 배웠으면 좋겠다. 인문학자인 '프랑크 베르츠바흐'는 자신의 책 『무엇이 삶을 예술로 만드는가』에서 이런 말을 했다.

> 초심을 회복하려면 무슨 커다란 일을 하려 하지 말고 단지 작은 섬 하나 만든다는 생각으로 하라.

조급하게 생각하지 말고 눈앞의 자그마한 일부터 실천하라는 말인데 좀 해보려 했더니만 그조차도 쉽지 않다. 에휴, 세월 앞에 장사 없나? 나이와 고독은 함께 느는 동반자라더니. 나 참, 나도 별 생각을 다한다. 이제 와 생각하니 젊은 날엔 모르니까 더 웃었던 것 같다. 세계를 알아갈수록 웃음보다는 침묵이 늘어나니 우리는 아는 만큼 웃음을 잃어버리나 보다.

많은 경험과 지식은 웃음도 줄게 하지만, 자아(自我)를 부풀려 자신이 좀 더 높아진 양 착각하게 한다. 심리학에서 말하는 소위 '자아 부풀림' 현상이다. 권세가 그렇고 부가 그렇고 심지어는 지식과 경험마저도 그렇다. 나를 보니 박애 사업이라는 일마저 그 범주에 들어 있다는 생각에 기분이 씁쓸해진다.

아아, 그 인기 많던 고임스 본드가 고독해졌다. 고독한 007에서 벗어나고 싶다!

(2018)

인생 지각

짙은 안개로 출근길이 너무 막혀 오늘 지각을 하고 말았다. 출근하는 내내 얼마나 애가 달았는지 모른다. 어떻게 된 인생이 조금만 정신줄 놓으면 이 모양인지 속이 팍팍 상한다. 살면서 숱한 종류의 지각을 했다. 약속 지각, 등교 지각, 출근 지각, 대입 지각, 승진 지각, 집 장만 지각 등등.

사람마다 자기 인생에 커다란 영향을 준 지각이 있을 것이다. 이를 인생 지각이라 불러보겠다. 이러한 인생 지각은 생을 영영 후퇴시키기도 할 것이고, 이것이 계기가 되어 정신을 차린다면 새옹지마 격이 되어 생을 더 알차게 하기도 할 것이다. 나만해도 여러 가지의 인생 지각이 있었다.

우선 나는 대학 지각생이었다. 재수 삼수를 떠올리기 쉽지만 그게 아니고 대학을 졸업해 놓고도 수능을 치르고 대학에 또 들어갔다. 그제야 하고 싶은 일을 찾은 것이다. 29살이었으니까 9년이나 늦었다. 20살 동생들과 공부를 같이 하게 되었는데 뒤늦은 깨달음이 안타까웠다.

하지만 이 지각은 내 인생을 풍요롭게 해주었다. 누구나 가졌음직한 생각이지만 중학 시절에 장차 나는 어려운 사람을 도와주며 살아야지 하고 다짐한 적이 있었다. 아마도 어린 낭만에 젖은 생각이었을 것이다. 그것이 구체적으로 어떤 일을 해야 하는지도 몰랐다. 대학을 가서도 몰랐고 군대를 다녀와서도, 결혼을 해서도 몰랐다. 아니 잊었다. 치열하게 사는 사이에 이 생각은 잊혀졌다.

대학 졸업 후 우연히 슈바이처의 자서전『나의 생애와 사상』을 읽고 바로 이것이 내가 꿈꾸던 일임을 깨달았다. 내 나이 29살, 의사의 길을 가기에는 늦었지만 물리치료사의 길은 가능했다(이 책의 「물리복지사」 편 참조).

뒤늦은 학창시절 3년은 내 인생을 통틀어 가장 행복했던 시간이었다. 이미 결혼을 한 상태였기에 낮에는 학교에 가고 밤에는 과외교사를 하면서 학업과 생업을 병행했다. 쉴 틈 없이 바빴지만 오가는 길 위로 기쁜 마음이 붕붕 떠다녔다. 꿈꾸는 길 위에 서서 이 세상 누구도 부럽지 않았다. 그 후로 사회복지 분야에서 소외된 사람들에게 물리치료를 해왔는데 바람이 불어다 놓은 듯, 자신이 어디에서 온지도 모르는 사람들에게 나의 땀을 묻혔다. 이렇듯 대학 지각은 나에게 인생 지각이었다. 그 지각이 없었으면 지금 다른 생을 살고 있을 것이다.

이번엔 승진 지각에 대해 생각해본다. 이는 대개 좋지 않은 유형의 지각이다. 그것은 야망을 가진 사람에게는 좌절을 안긴다. 그 사람은 아마도 댕기는 뒷골을 붙잡고 포장마차로 가서 북어구이를 퍽퍽 씹어 먹는 게 좋겠다. 승진은 분명 명예이며 또 다른 기회다. 생의 바퀴를 더 높고 풍성하게 굴릴 것이다. 그러므로 승진을 위해 노력하는 것이 보편적 가치다. 그러나 항상 그러한 것은 아니다. 승진 지각이 인생 지각이 되느냐는 각자의 가치관이나 삶의 정황에 따라 다르기 때문이다.

나는 승진 탈락자였다. 너댓 번, 승진 기회마다 사양하거나 도전하지 않았다. 그러면 나의 후배들이 승진하여 상사가 되었고 기꺼이 나는 나의 낮아짐을 받아들였다. 의사는 되지 못했지만 물리치료사로서 낮으나마 꿈을 흐뭇이 실천하고 있었다. 그런데 승진한 책무는 물리치료를 버려야 했다. 그랬기에 직책을 높이는 일에는 아예 관심이 없었다. 나에게 승진은 단순히 일의 연장선이 아니라 삶의 목표를 바꾸어야 하는 일이었던 것이다.

고령화 시대인 요즘은 은퇴 준비 지각이 종종 거론된다. 몇 년 뒤면 은퇴를 하는 나로서는 은퇴 준비 지각생만은 되고 싶지 않아 열심히 준비 중이다. 은퇴 후 강의를 해보려고 한다. 전에 〈생활 물리치료〉라는 강좌로 사회교육원과 노인대학에서 6년 정도 강의를 했는데 은퇴 후 다시 도전하려고 한다.

이에 도움이 될 것 같아 사회복지사 자격증을 준비 중인데 며칠 뒤면 첫 실습에 들어간다. 이 자격증을 사회복지를 시작한 지 25년 만에 따니 또 하나의 지각이 내 인생에 붙겠다. 앞으로 살면서 또 무슨 지각 타이틀이 붙을까? 왠지 그건 별로 안 좋을 것 같다. 정신줄을 바짝 붙잡아야겠다.

(2019)

말의 거리

매서운 칼바람 속에 한해가 끝나가고 있다.

사내 식당에서 저녁밥을 먹었다. 올해의 마지막 식사다. 앞에는 두 살 연상의 직원분이 앉아 계셨다. 맛있게 드세요 하면서 그와 얼굴이 마주치는 순간 서로 '하아~' 웃었다. 이유는 단 하나, 12월 31일의 저녁이라는 생각에서였다. 그렇다. 한 해의 마지막을 보내는 자리에 그와 같이 있다.

"올 한해 보람 있었습니까?"

하고 가볍게 던진 나의 말에,

"네."

하는 답변이 돌아왔다.

나는 그의 대답이 '네'일 줄 짐작했다. 그래서 쉽게 물어볼 수 있었다. 역시 그는 '그'였다. 내 생각 그대로의, 자신의 삶에 보람과 다행스러움을 느끼고 사는 그런 사람의 대답다웠다. 열심히 살았다는 대답이라고도 생각되지만, 그의 대답에서는 단순히 열심히 살았다는 의미를 넘어서는 그 어떤 깊음이 느껴진다.

그는 남다른 이력을 가진 사람이다. 북에 고향을 둔 새터민인 것이다. 목숨을 잃을 뻔한 온갖 고초를 겪으며 탈북을 했다. 북에서 유력한 직위로 살았음에도 끼니 치루기가 여간 어려운 게 아니었다고 한다. 이제는 이렇게 우리 복지법인에서 일을 하면서 끼니 걱정 없이 살고 있다.

언젠가 그는 어느 강연장에서 이런 말을 했다.

"내가 북한에서 계속 살았다면 300년 동안 벌어야 모을 돈을 남한에서 10년 만에 모두 벌었습니다."

그의 보람의 원인에는 돈 이외의 것이 무궁무진하지만 단순히 돈만 놓고 보아도 그는 큰일을 한 것이다. 열심히 살았다는 증표요, 성공했다는 증표다. 그의 개인적인 삶에 대한 이야기는 더 하지 않겠다. 아마도 그의 허락을 추가로 받아야 할 것이기에.

올 마지막 저녁 식사 자리에서 우리는 기쁜 맘으로 대화를 나누었다. 수고하셨다는 가벼운 말이지만 익어서 맛있는 말이었다. 익지 않은 말보다는 익은 말을 하였기에 우리는 한 해의 마지막 저녁에 기쁨을 얻었다.

한 해를 돌아본다.

나의 1년에는 상처를 주거나 받는 말이 분명 있었다. 익지 않은 말이다. 반대로 상대를 위로하는 말, 힘을 주는 말도 있었다. 익은 말이다. 두 가지 말을 다 많이 했다.

그런데 익은 말보다는 익지 않은 말이 더 쉽게 나오는 것 같다. 그래서 익지 않은 말은 가까이에 있고 익은 말은 멀리 있다고 생각했는데, 따져 보니 실은 둘 다 가까이에 있는 것 같다. 곁에서 나를 따라다니다가 둘 다 순간순간 나타나니까.

말을 조심하지만 너무 조심만 해도 사는 재미가 떨어진다. 가끔씩은 화도 내고 익살도 펼쳐야 사는 맛이 있는 것 같다. 용서만 하고 웃어만 주고 좋은 말만 하다 보면 내 안에 화가 쌓인다. 감정을 적당히 분출하며 살아야 건강에도 유익하고 사는 맛도 더 나겠지.

물론 익은 말을 더 해야 하겠지. 격려와 칭찬, 용서와 사랑의 말을. 하지만 늘 익은 말만 하면 인간적인 진솔함이 가려질 것이고 다가가기 어려운 사람이 되고 말 것이다. 익은 말만 하려다가 사람 사이의 정이 줄어든다면 이 또한 익지 않은 말에 다름없다. 익은 말과 익지 않은 말, 이 둘 중 무엇을 더 가까이 두어야 할지 점점 아리송해진다.

(2011)

저녁노을이 아름답다

1999년 한 해 동안 퇴계원 노인회에서 봉사 아닌 봉사를 하게 된 건 순전히 한 어른에 대한 감동 때문이었다. 당시 일을 쉬고 있어서 한 달쯤 작정하고 봉사를 다니고 있었다. 동네의 노인정을 찾아다니며 이동 물리치료를 해드리던 중 옆 동네인 퇴계원 노인정으로 가보았다. 노인정은 퇴계원 복지회관이라는 빨간 벽돌 건물의 1층에 자리하고 있었다.

똑똑, 문을 열고 들어가니 어르신 몇 분이 날 바라보신다. 우측 소파 앞에서 어르신 두 분이 장기를 두고 계셨고 정면으로는 어르신 한 분이 책상에 앉아 계셨다.

좌측을 보는 순간 놀랐다. 물리치료 장비들이 갖추어져 있었기 때문이다. 치료 침대 2개와 핫팩통, 저주파치료기 등등이 있다. 노인정에 이런 시설이 있는 걸 보니 아마도 무료 봉사 시설인 듯 보였다. 물리치료사인 나는 반가움을 잠시 뒤로 하고, '옆 마을 사는 아무개인데 노인정으로 봉사하러 다닙니다요' 했다.

그러자 책상에 앉아 계시던 어르신이 돋보기를 벗고 다가오시더니 악수를 청하신다. 노인정 회장님이었다. 나중에 알고 보니 이곳은 노인정이 아니라 〈대한노인회-경기도 남양주시 지회-퇴계원 분회〉 사무실이었고 회장님의 정식 직함은 분회장이었다. 말씀을 나누는데 노인 몇 분이 들어오니까 칠순이 넘어 보이는 분회장님께서 핫팩을 꺼내어 깔아드리는데 묘한 감동이 일었다.

더 얘기할 것도 없이 바로 봉사를 하게 되었다. 10시부터 3시까지 어르신들에게 하루에 10명 정도 치료를 해드렸다, 보름쯤 그렇게 도움을 드리는데 하루는 분회장님이 넌지시 말씀하시기를,

"고 선생, 그러지 말고 돈을 받으면서 봉사하면 어때?"

하신다. 무슨 말씀인가 물었더니 공공근로로 봉사하면 좋을 것 같다는 거다. 별로 반가운 말은 아니었다. 이제 곧 병원에 다시 취직할 요량이었으니까. 그런데 분회장님은 면장에게 얘기해서 허락까지 다 받아놓으신 터였다. 내가 머뭇거리자 다음 날 퇴계원 18개 리의 노인정 회장님들이 우르르 찾아오셔서 재차 재촉하신다. 칠순 팔순 된 어르신들이 하시는 부탁을 도무지 쉽게 거절할 수가 없었다.

이걸 예스했다가는 당분간 형편을 펴기 힘들어진다. 셋이나 되는 아이들이 커가는 마당에 쉽지 않은 일이었다. 하지만 1월도 다 갔고 두 달만 더하면 되니까 이참에 좋은 일 좀 하자는 생각으로 며칠 후 '예스' 해버리고 말았다. 당시 모 대학에서 시간강사를 하

고 있어서 경제적으로 뭐, 아주 못할 일은 아니었다.

난생 처음 해보는 공공근로, 이건 봉사도 아니고 직장도 아니었다. 고마워해 주던 공무원들도 이제는 그렇게 안 보는 것 같고, 집에 가면 집사람에게 미안하기만 하고, 마흔도 안 된 물리치료사가 어디 가서 공공근로 한단 말도 못 하겠고. 휴, 이거야말로 비승비속(非僧非俗) 꼴이 되고 말았지 뭔가. 다만, 기도를 하면 그냥 말없이 가슴이 저며 오는데 그때서야 아, 이거 봉사가 맞나 보다 하며 위로를 하곤 했다. 그렇게 세 달을 마치려는데 분회장님께서 또 가만히 부르시더니,

"고 선생, 아예 1년만 해줘."

하시는 게 아닌가? 깜짝 놀라서 아무 말도 하지 못했다. 속으로 외치는 비명이 들렸는지 회장님도 아무 말씀이 없으시다. 하지만 곧바로 생각을 정리할 수 있었다. 그 어른에 대한 존경심이 하늘까지 차올라 내 맘을 점령해 버린 상태였으니까.

분회장님은 봉사의 산증인이었다. 곤경에 처한 사람들을 보면 열 일 제쳐놓고 나서는 분이었다. 팔순이 다된 어른이 오토바이를 타고 하루에도 몇 번씩 마을을 돌아다니면서, 누군가의 어려운 일을 보면 마치 내 일인 양 시장실에라도 서슴없이 찾아가셨다. 정작 본인은 허름한 농가에 사셨는데 벽에는 봉사활동으로 받은 경기도

지사 상패가 걸려 있었다. 그 희생의 삶이 느껴져서 상패는 내게 감동으로 다가왔다. 그 숭고한 삶 중에서 내가 직접 목격한 일을 예로 들어보겠다.

1999년, 그러니까 내가 봉사하던 그 해 3월 12일, 회장님은 퇴계원 노인회에 '활기찬 장수교실'이라는 노인학교를 만드셨다. 동네 노인정에서 화투나 치는 노인문화를 바꾸어보려는 어르신의 의지 하나로 이루어진 일이다. 키가 160cm도 안 되는 자그마한 노인이 주변의 온갖 반대와 우려를 불식시키고 일을 이루어내는 모습을 나는 처음부터 끝까지 바로 옆에서 지켜보았다.

매달 한 번씩 노인들을 초대해서 음식과 각종 강좌, 노래 교실 등등을 펼치셨다. 건강 강좌와 종료 후 물리치료 대접(?)은 오롯이 내 몫이었다. 기타 잡일까지. 그 와중에 내가 그만두게 생겼으니 그래서 나를 1년 동안만 더 봉사해달라고 붙드셨던 거다.

일개 노인회의 노인학교 사업이 관청의 지원이 전혀 없이 1년 동안 지속되니까 나중엔 시장과 국회의원까지 다녀갔다. 이곳에 있는 물리치료 장비만 해도 다른 노인회에서 안 받는다고 손사래 친 것을 회장님이 받아와 설치한 것이니 그의 봉사 열정은 남다른 것이었다.

노인학교가 열리면 회장님은 노인들에게 당부하신다.

"우리 노인들은 법적으로는 노인이지만 생활적으로는 젊은이여야 합니다. 하찮은 쓰레기라도 주우면 그게 바로 젊은이인 겁니다.

우리는 하루로 말하자면 저녁에 해당하는 사람들입니다. 그러나 저녁노을이 얼마나 아름답습니까. 이제부터는 봉사하고 남을 도우며 살면 저녁노을이 되는 거예요."

회장님이 나에게 1년만 더 해달라고 부탁하셨을 때 나는 이러한 봉사정신에 감동을 받고 있던 차였다. 가정을 생각하면 무척 곤란한 일이었지만 나는 그 자리에서 그렇게 하겠다고 말해 버렸다.

'1년만 손해 본다고 생각하면 돼. 누가 알아 나중에 복이 돼서 돌아올지.'

이런 건 길게 생각하면 답이 안 나온다. 그 자리에서 결정해야지. 물론 아내와는 통보 수준의 의논을 하긴 했었지만.

하루는 계속 같은 일을 하러 가는 나더러 아내가,

"당신 지금 뭐하는 거예요." 한다.

"미안해, 조금만 참아, 내 평생 언제 또 이런 봉사를 해보겠어. 나중에 다시 병원 취직하면 괜찮을 거야."

아내의 불평은 딱 한 번뿐이었다. 그 1년 동안 아내는 더이상 말하지 않았다. 고마운 사람.

본격적으로 1년을 작정하고 물리치료를 해드리니 하루 열 명 내외던 환자 수가 갑자기 스무 명 안팎으로 늘어난다. 분회장님 이하 퇴계원 18개 리 노인정 회장님들의 똘똘 단합된 입김 덕이리라.

물리치료로, 노인대학 총무일로 바쁘고 즐겁게 1999년, 절대로 잊을 수 없는 20세기의 마지막 해를 보냈다. 훌륭한 어르신을 모시면서. 그 사이에 나는 전세로 내주었던 집을 팔아야 했지만 이 집은 나중에 더 큰 집이 되어 돌아올 것이라고 믿었다.

한 해가 끝나가던 때, 어르신은 내게 자그마한 감사패를 주셨다. 일면 부끄러웠다. 특히 앞에 앉아 계셨던 면장님께는 쑥스럽기까지 했다. 순수한 봉사자가 아니라 공공근로자로 급여를 받고 있었으니.

며칠 뒤인 2000년 1월 3일, 나는 병원으로 출근하고 있었다. 출근하는 내 눈에는 키가 자그마한 노인 한 분이 다른 노인들에게 핫팩을 깔아주는 모습이 아른거렸다.

(2000)

아이쿠야! 일곱 번째_출세 좀 시켜드릴까요?

사회복지를 한다니까 고생만 하는 줄 알던데 아니, 좋은 게 더 많지요. 한 가지만 얘기해 보자면 해외여행의 기회가 자주 있답니다. 협회나 회사에서 보내 주는 여행인데, 대략 3년에 한 번꼴로 내 돈 거의 안 들이고 네 번이나 갔습니다. 일본, 싱가포르, 필리핀, 인도네시아, 말레이시아. 이만하면 알겠지만 대충 돈 많이 안 드는 데만 골라서 갑니다. 하지만 아무렴 어떻습니까? 이것도 못 하는 직업이 얼마나 많은데요. 우리라고 어려운 일이 없겠습니까? 힘들고 어려운 것만 생각하면 한이 없어, 그랬다간 우울증 걸리기 딱! 이지요.

1996년도에 노인대학 어르신들을 인솔하고 동남아를 다녀왔습니다. 30명당 인솔자 한 명은 무료라는 상품을 이용했기에 나는 무료. 150명 정도 꽤 큰 일행이었는데 이 정도 규모면 여행사는 봉잡은 거지요. 해서 나는 큰 손님인 척 여행사 직원 앞에서 시커먼 선글라스를 끼고 거들먹거렸던 것인데.

공짜 손님 주제에 되도 않는 거들먹을 한참 부리는데 일행 중 할머니 한 분이 기어코 일을 냈어요. 당시 김포공항 국제선의 화물 컨베이어는 어깨에서 뒤로 가방을 떨어뜨리기 딱 알맞은 구조였습니다. 굴리는 캐리어가 흔치 않았던 시대라 배낭을 가지고 오신 분도 많았습니다. 가방들이 두툼했죠. 그런데 한 분이 가방을 컨베이어에 내리려다 그 위로 주저앉아 실려가 버리는 거였습니다.

"아이고, 나 살려라!"

할머니의 다급한 소리가 공항에 울려 퍼지니 온 시선이 집중되고 말았어요. 가방을 멘 채 뒤로 벌러덩 누워 바둥바둥 실려가는 어르신을 내가 다급하게 내려드려 사태는 일단락되었는데, 여행사 직원이 웃음을 숨기느라 뒤로 돌아서 버립니다. 옆에 계시던 노인대학생들은 창피해서 고개를 숙이며 저들끼리 '아이고, 저 푼수랑 어떻게 같이 여행을 다녀' 하십니다. 순간 다가오는 쪽팔림.

'우리 정체가 들통났구나아!'

내 거들먹거리던 어깨가 쏙 숨어버렸습니다.

'에휴, 그렇지. 내 주제에 웬 거들먹이냐.'

그 할머니는 영세민 단지에 사는 분이었는데 복지관의 도움으로 여행에 참가하셨습니다. 처음 가는 해외여행이죠. 사실 나도 처음입니다. 제주도는 가봤지만 다른 나라를 가다니요? 생각만 해도 설렜어요. 나만 가서 아내에게 미안하긴 했지만.

비행기만 해도 통로가 두 줄로 제주행보다 배로 넓었습니다. 이렇게 큰 게 공중에 뜨기나 할까? 이륙할 때 정말 무섭더군요. 기내식 대접도 황공하여 공주 같은 사람들이 수시로 왕래하며 간식도 주고 밥도 주는데 촌놈은 그만 헤벌레 입이 벌어졌지요. 네, 지금 촌놈 얘기를 하는 겁니다. 이 촌놈이 구름바다인 하늘 풍경에 넋이 나간 건 두말하면 잔소리입니다.

이 정도면 할머니나 나나 출세한 겁니다. 싱가포르란 나라는 껌 씹고 다녀도 벌금, 담배꽁초 버려도 벌금 등 조심할 것투성이라 저는 바짝 긴장했던 것인데, 무심코 껌을 씹고 말았지 뭡니까! 황급히 입 동작을 멈춘 것은 시장에서였던 것 같습니다. 휴~ 안 들켰습니다. 오로지 숨기기 위해서 껌 씹던 입을 멈추고 있어 봤나요? 그거 참, 사람 꼴이 우습더군요.

별의별 앵무새가 다 있는 공원은 적도의 열대림을 실감케 했고 악어농장은 좀 무서웠지요. 센토사섬으로 연결되는 케이블카를 탔을 때는 바다가 저 아래로 보이는 그 까마득한 높이에 얼마나 놀랐는지. 처음 보는 열대 과일에 눈이 휘둥그레진 것은 물론입니다. 실감했습니다, 외국이 다르긴 다르다는 걸!

아무튼, 여행지에서 그 할머니하고는 다른 분들이 같이 안 놀아주었던 것인데, 나도 내 조가 아니라서 다행히(?) 같이 안 놀 운명이었던 것인데. 그나저나 이 할머니 좀 보소. 여행 내내 혼자 좋답니다. 기다란 치마저고리에 섬 머스마 같은 끈으로 허리춤을 동여매고는 보무도 당당히 선글라스까지.

아이쿠야! 어째 그 모습이 공항에서 거들먹거리던 나 같지 뭡니까? 이제 우린 같이 놀아야 할 운명이고 맙니다. 할머니는 혼자 저만치서 곳마다 기웃기웃, 일행과 멀어지니 달려가 옆에 선 나도 덩달아 기웃기웃, 할머니가 좋아하니 나도 좋은걸.

이런 게 복지 여행입니다. 우리 복지마을 사람들은 자기도 출세하고 세상의 약자들도 출세시키는 사람들이죠. 그러니 얼마나 좋습니까?

(1996)

아이쿠야! 여덟 번째_마지막 냄새

갈림길에서 새로운 길로 방향을 바꾸면 그동안 오던 길은 끝이 납니다. 삶에는 이런 순간들이 있습니다. 졸업, 결혼, 취업 등등. 이제 곧 정년퇴직을 앞둔 나의 마음은 갈림길을 마주친 기분입니다. 우선은 어떤 길로 가야 할지에 대한 생각이 더 크지만 오던 길의 마지막을 어떤 냄새로 마치게 될지에 대한 생각도 결코 적지 않습니다.

올 겨울 거의 매일 낙엽을 태웠는데 오늘로 그만하려 합니다. 지지지 타들어 가는 밤나무 낙엽 냄새는 구수합니다. 활활 타다가 금방 꺼져 버리는 참나무 낙엽에서는 담백한 냄새가 납니다. 그 옆에 바늘 같은 마른 솔잎을 한 주먹 쌓아 놓고 불이 옮겨 붙기를 기다립니다. 낙엽을 태울 때면 나는 이때가 가장 기다려집니다. 나는 이 그윽하면서도 향긋한 솔잎 타는 냄새에 푹 빠져 버렸습니다. 가히 낙엽 타는 냄새의 절정입니다.

솔잎은 화력도 좋아 볼 만합니다. 잠간 사이에 타 버리는 몇 주먹의 솔잎이지만 이파리 끝단의 붉은 꿈틀거림이 제법 오래 갑니다. 지긋지긋했던 기억들이 이렇게 자글자글 타 버리면 얼마나 좋을까요? 타야죠. 아니 태워야죠. 그깟 아픈 기억들일랑 조각 하나도 남기지 말고 태워 버려야죠. 고통의 편린들에 사로잡혀서는 인생의 댐만 허물어질 테니까요. 그게 어디 쉽겠습니까마는 솔잎 끝단의 불씨처럼 기어코 사라지길 바라기라도 해보는 것입니다.

낙엽 타는 냄새라, 자신의 마지막을 이렇게 훈훈한 냄새로 마치다니, 부럽습니다. 우리의 시간도 이렇게 마지막 냄새를 피우겠지요. 과연 낙엽 타는 냄새 같을 수 있을까요? 아니 그 절반이라도 갈까요? 행여 아주 다른 어떤 냄새일까요?

그래서 요즘 내 마음은 무겁기도 가볍기도 합니다. 28세에 마음을 정한 후 줄곧 몸담아온 이 길의 마지막에서 많은 생각이 떠오르지만 그 중에 주요한 하나는 이 일을 하면서 사람들을 얼마나 위로했는지에 대한 삶의 아우름입니다.

위로도 주었지만 상처도 주었던 30년의 세월이었습니다. 일일이 거론할 수는 없지만 결코 편안하지만은 않은 부박한 날들이었습니다. 처음 이 일을 시작했을 때의 마음가짐을 그대로 실천하기에는 나의 그릇이 너무 허름해서 숭숭 뚫린 구멍으로 음식들이 마구 새어나갔지요. 가장으로서 월급에 목을 매지 않을 수 없어 그 또한 나의 초심(初心)을 가장 서럽게 했지요. 나는 평생 슈바이처를 동경하며 살아왔지만 슈바이처 같은 헌신의 삶을 살기는 이래서는 다 틀린 것입니다. 아이쿠야, 이렇게 생각해 보니 자연의 냄새를 풍기긴 틀린 것 같습니다. 어디 감히 내 삶의 마지막을 낙엽 타는 냄새에 비하려 했는지.

그렇다고 내 지난 삶을 무겁게만 여길 필요는 없겠단 생각입니다. 돌아보면 무겁기도 가볍기도 한 날들이었습니다. 나의 환자는 장애인이나 노인 아니면 극빈자였습니다. 그들은 나를 사랑해 주었습니다. 그들과의 동고동락은 잊을 수 없는 아름다운 추억들로 가득하여 이 책 한 권을 충분히 덮고도 남습니다.

겨우내 낙엽을 태우다가 오늘 마지막으로 마무리하려니 그 향기로운 냄새를 더는 맡을 수 없어서 아쉽네요. 푸른 잎이 늦가을의 마른 낙엽이 될 수 있는 것은 그들이 매임을 끊었기 때문이라지요. 제 스스로 수분을 차단하여 툭 떨어지는 것입니다.

우리도 매임을 끊어야 할 때가 있을 테죠. 지난날의 사고와 습관, 심지어는 각오까지도 끊어야 할지 모릅니다. 새로운 출발, 새로운 초심에게로 말입니다.

(2023)

웃음과 행복을 부르는 물리치료사

김양원 ● 목사, 신망애복지재단 대표이사

2004년은 신망애재활원 장애인들에게 천사가 찾아온 축복의 해이다.

장애인들은 기본적인 의식주 해결만 되면 그 다음으로 육체의 장애를 이기기 위해 올인하는 것이 운동과 물리치료이다. 『절대 희망』의 많은 내용들이 이것을 입증해 주고 있음을 금방 알게 될 것이다.

그동안 신망애재활원에는 많은 물리치료사들이 거쳐 갔다. 1년, 6개월 심지어는 3개월 만에 그만두는 사례도 있었다. 처우가 일반 병원에 비해 현저히 떨어지기도 했지만 장애인이란 특수성 때문에도 너무나 힘들어했다. 가지 많은 나무에 바람 잘 날 없다는 속담처럼 그동안 많은 생활지도 선생님들과 크고 작은 갈등이 쉼 없이 발생되고 그때마다 또 물리치료사 구인 광고를 올려야 했다. 장애인들도 아쉬워하면서 애정 없이 물리치료실을 바라보고 한숨만 지어 댔었다.

2004년 2월, 고희석 물리치료사가 입사했다. 늘 그랬으니까 그냥 몇 개월 근무하고 말겠지? 이것저것 불평하면서 힘들다고 적당히 하고 말겠지? 하며 기대감 없이 채용했다.

그러나 그가 근무하기 시작하면서 아름다운 변화의 바람이 불기 시작했다. 한 사람 한 사람 물리치료 이용률이 높아지기 시작했고, 치료 받으러 가서 치료실을 나오려고 하지 않았다.

빈자리 없이 이용자들로 가득 차 있었고 밝고 웃음이 흘러나오는 모습을 볼 수 있었다. 어쩌다 치료실에 들르면 행복한 모습의 감사를 나에게까지 보내 주었다. 구태여 해석을 하면 '너무 좋아요' 하는 듯했다. 어르신들이 경로당을 즐겨 찾듯이 장애인들이 물리치료실을 놀이터로, 아니 휴식처로 여기는 듯했다.

그 사이 이용인들의 장애 상태가 놀라울 정도로 호전되기 시작했다. 더욱 놀라운 것은 그동안 가장 힘들었던 생활지도 선생님들과 물리치료사 간에 갈등과 부딪침이 거의 없어지고, 오히려 힘든 일이 생기면 물리치료실로 도움을 요청할 정도로까지 깜짝 놀랄 변화가 일어났다. 치료실 이용자들의 육체적, 정신적 건강이 '1년 내내 한가위만 같아라'라는 말이 무색할 정도로 '지금만 같아라, 선생님만 같아라'라고 만족하고 행복한 모습을 읽을 수 있었다.

따스한 핫팩이 굳었던 팔다리를 풀어 주듯 그의 따스한 마음이 장애인들의 한을 녹여 주었으며, 전기치료기의 갖가지 선들이 죽어 있던 근육에 자극을 주듯 그의 사랑과 정열이 장애인들에게 희망을 불어 넣어 주기에 충분했다.

물리치료를 해준다기보다 장애인의 단절된 사회성을 회복시켜 주고 사람과 사람을 이어 주는 다리 역할을 해준 천사가 되었다.

나는 바쁘다는 핑계로 장애인들의 아픔과 바램을 외면하기 일쑤였는데 그는 한 사람 한 사람 장애와 처지를 살펴 가며 맞춤형 서비스를 제공해 왔음을 이 책을 통해 자세히 알게 되었다. 핀이 빠진 수류탄처럼 엄청난 파장이 일어날 수 있었던 위기도 그의 세심한 배려와 살갑게 펼쳐지는 사랑으로 해결될 수 있었고, 낙심 좌절했던 장애인들이 그 때문에 살맛을 찾은 쾌거는 박수를 받아야 마땅하고 큰 상으로 보상받아야 되리라 믿는다.

그는 금년 말이면 입사 20년을 꽉 채운다. 그리고 올 12월이 정년퇴임하는 영광과 아쉬움의 시간이다. 길고 긴 20년이 어느덧 지나가면서 그동안 차곡차곡 쌓아 놓았던 보배들이『절대 희망』이라는 책으로 찬란하게 꽃 피울 시간이다.

이 책 속에는 장애인의 아픔과 살아야 할 이유가 담겨 있으며, 사회복지인들의 애환과 장한 모습도 담겨 있다. 함께 사랑하고 함께 살아가야 할 길이 어둡고 미로처럼 얽혀 버린 현실 속에 정확한 네비게이션을 만난 환희도 느낄 수 있다.

포근함과 평안함, 사람을 존중하고 하나님을 경외해야 할 이유도 이 책 속에서 찾아볼 수 있다. 정이 사라져 버린 현세 사람들에게 이 책이 살맛을 제공해 주는 조미료가 되었으면 하고, 장애인들이 살아가고 있는 곳, 장애인들을 위해 일하는 사회복지인들에게 꼭 필요한 바이블이 되었으면 하는 간절한 바램을 갖고 가슴 벅차게 이 책을 추천하고 싶다.

이런 사람, 이런 세상도 있습니다

조향순 ● 시인

픽션(fiction)은 상상력과 창의력이 가미, 작품이 되어 당연히 감동으로 가지만 때로는 맨 얼굴의 논픽션(nonfiction)이 더한 감동을 몰고 올 때도 있다. 팔불출(八不出)처럼 바로 이런 말하기가 좀 쑥스럽지만 고희석의 『절대 희망』을 많은 사람이 읽었으면 좋겠다. 헤아릴 수 없이 쏟아져 나오는 책들 속에 그냥 묻혀 버린다는 것은 참 억울하고 아쉬운 일이라는 생각이 든다. 추천을 하는 사람의 속보이는 말이 아니라 첫 독자의 객관적인 독후감이다. 왜 권하는지는 읽어 내려가다 보면 자연스레 발견하겠지만, 우리가 미처 알아채지 못했던 다른 세상이 있다는 것, 이런 사람도 있다는 것을 알면서 분명 감동의 잔물결이 일지 않을 수 없을 것이다. 더하여 멀쩡한 우리의 나태와 편협함을 반성해 보는 계기가 되기도 할 것이다.

사람은 무슨 일인가를 해야만 생존할 수 있다. 직업은 일이다. 놀이는 그냥 즐길 뿐이지만 일은 책임과 의무가 따르기 때문에 즐김보다는 부담감이 앞서서 힘들고 괴로울 수 있다. 만약에 일을 놀이처럼 즐기는 사람이 있다면 그 사람은 가장 행복한 직업인일 것이며, 그런 사람들로 하여 사회는 한층 더 명랑하고 밝아져 바람직한 세상이 될 것이다. 고희석은 그런 사람이다. 그런 고희석을 만난 사람들은 참 운이 좋은 사람들이다.

고희석은 물리치료사이다. 군생활 포함 7년의 신학대학 과정을 마친 그는 신학대학원 3년 과정을 기다리다가 문득 '말이 아니라 실천으로 살아가는 생'을 떠올린다. 그리하여 1991년에 고려대학교 병설 보건전문대 물리치료과에 입학하여 3년 후 국가고시를 거쳐 물리치료사가 되고 드디어 하고 싶던 일을 하게 된다. 그의 봉사가 본격적으로 시작되었다.

그가 만나는 사람들은 대개 장애인이나 노인이나 극빈자들이었다. 그는 장애인들과 맺어진 친밀감은 일하는 데 커다란 힘이 되고, 이런 생활을 직업으로 가진 것을 축복이라고 한다. 대신 가난할 수밖에 없지만, 축복을 가졌으니 세상은 공평하다고 한다. 복지시설의 환자들을 만나면서 자신을 그 시설의 일부라고 생각하며 물리치료에 임했다는 말을 들으면 그가 그의 일에 자부심을 가지고 얼마나 정성을 쏟았는지 미루어 짐작할 수 있다. 그의 귀에는 지적장애인들의 대화가 바람 부는 여름날의 자작나무 사각거리는 소리로 들린다. 자신을 '물리복지사(사회복지+물리치료사)일 뿐이라고 하지만 이 사람은 세상을 온돌처럼 따뜻하게 데우는 역할을 하는 큰 사람이다.

그는 몸만 치료하는 물리치료사가 아니라 하모니카 불고 휘파람 불고 노래하고 춤추고 연극을 하면서 마음까지 치료하는 물리치료사이다. 또 웹디자인 기능사 자격증을 가지고 있고, 전국 규모의 작품 공모에서 수필이 당선된 이력을 가진 글을 쓰는 사람이다. 그러나 그가 가진 모든 재능은 그를 위해서가 아니라 다른 사람을 돕고 즐겁게 해주기 위해서 쓰인다. 알버트 슈바이처 박사의 자서전 『나의 생애와 사상』의 감동도 물론 큰 영향을 미쳤겠지만 어렸을 적부터 남을 돕는 일, 자선사업가가 꿈이라고 했으니 이 사람은 남을 도와주기 위해서 태어난 사람이란 생각이 들기도 한다.

그가 글을 쓴다는 것은 참 다행이다. 왜냐하면, 이런 다른 세상과 사람들이 존재함을 감동적으로 전달해 주는 다리 구실을 한 것이 바로 글이 아니겠는가. 아닌 게 아니라 책을 읽다 보면 사실의 전달과 표현에서 그의 문학적인 기지와 능력이 곳곳에서 번뜩번뜩 빛을 낸다. 그래서 다큐가 한층 더 효과적으로 전달된다.

고희석과 시설 입소자들의 관계는 장애인 시설의 직원과 입소자의 관계가 아니다. 그는 그들을 형님이라 부른다. 거동이 불편한 두 '형님'을 모시고 홍천강 변에서 조개구이를 해먹고, 팔봉산 나들이를 하면서 그들의 추억담을 들어주며 같은 감상에 젖는다. 그는 그들의 이야기를 라이브 수필이라고 한다. 그러면서 봉우리가 여덟 개인 팔봉산처럼 '우리 모임 이름을 삼봉산이라고 하면 안 될까요'라고 제안한다. 그런 유대를 먼저 제안한다. 세상에 장애와 비장애가 이렇게 경계선 없이 어우러지기는 쉽지 않다. 이런 사람 흔하지 않다.

「절대 희망」에서 만난 한 뇌성마비 장애인은 외양상 절대 절망이다. 앉기, 용변 처리, 옷 입기 등 대부분의 일상생활을 남이 해줘야 한다. 40 평생 동안 사지가 마비되어 누워 지내던 분인데도, 신체 기능이 호전될 리가 없는데도, 치료를 해도 걸을 수 없다는 것을 눈치채고 있음에도 치료실을 나가는 그는 항상 미소를 띠고 있다. 그 비밀을 "나는 시를 써요"로 풀어 주는 장면에서는 뜨끔한 전율이 온다. 그는 이미 시로써 일어나 걷고 있음을 고희석은 눈치채었고, 놓치지 않았고, 독자들에게 그대로 전달해 준다. 이게 바로 고희석의 역할이다.

40대 초반에 뇌졸중으로 다리가 마비되어 걸을 수 없는 그녀가 휠체어를 결사코 거부하며 넘어지고 일어나고를 반복하며 드디어 벽에 기대어 일어서고, 방을 돌고, 길에 나서는 일들을 지켜본 고희석은 그녀의 속마음을 '이 발은 대체 누구 발이야? 내 발을 왜 내 맘대로 못해?'라고 생생하게 읽어 준다. 그런가 하면 발가락으로 컴퓨터의 자판을 두드리고, 발로 전동휠체어를 운전하고, 발로 계란프라이를 하고, 발가락으로 커피를 타고, 발로 섬세한 자수를 하는 이도 있다. 고희석은 그들을 보며 '의지란 마른 짚단같이 연약하면서도 강철처럼 굳세서 평생을 무언가와 맞붙어 싸우게 한다'라는 깨달음을 전달해 준다.

장애인과 비장애인이 짝을 이루어 3km를 걷는 '장애인과 함께 하는 마라톤 대회'의 광경은 가슴 뭉클한 장면이다. 휠체어를 탄 사람과 미는 사람들이 같이 노래를 부르면서 아름다운 가을 길을 걷는 모습을 상상해 보면 이 장면은 가장 귀하고 아름다운 엽서 같다. 이 길이 고희석에게는 긴 악보로 보인다. 나르는 잠자리가 높은음자리표나 낮은음자리표를 그리는 '3km의 악보'라고 일컫는다. '인생의 마라톤이 오늘만 같았으면' 하는 걸 보면 정말 즐거웠는가 보다.

이런 일이 가장 즐거운 사람이 고희석이다.

산골에 있는 재활원에서 장애인을 태우고 병원으로 가는 길, 내리는 눈 때문에 고생하면서 고희석이 중얼거린 말에 우리는 귀를 기울일 필요가 있다.

'장애인들은 왜 이렇게 첩첩산중에 살아야 한단 말인가?'

혐오시설이라고들 한다. 이들이야말로 교통이 가장 편리하고 사람들의 눈과 손길이 쉽게 닿을 수 있는 곳에 있어야 하겠거늘 왜 첩첩산중으로 몰아넣는가. 혐오할 이유도 되지 않거니와 혐오하면 안 된다. 그들도 생각하고 노래하고 운동을 하고 시를 쓰고 컴퓨터를 하고 검정고시에 합격하고 쇼핑을 한다. 그런데도 '장애인들은 왜 이렇게 첩첩산중에 살아야 한단 말인가?'

『절대 희망』을 읽으면서 참 많은 생각을 했다. 그동안 이런 세상이 있는 줄 몰랐고, 이런 사람이 있는 줄 몰랐다. 다른 분들도 이런 세상, 이런 사람을 한번 만나 보시길 기대한다.

2023년 7월

꽃들의 흉터 _ 오복이 지음

열세 명의 쉼터 청소년의 생생한 생활 현장의 기록.
쉼터에서 아이들을 돌보고 있는 사회복지사의 이야기.
가정과 사회로부터 얻은 흉터를 끌어안고, 살기 위해 분투하는 아이들은 이 순간에도 자신을 지키기 위해 방황하고 있다. 이 책의 저자는 사회복지사로서 아이들과 함께 할 수 있는 일이 무엇일까 고민하고 있다. 청소년에게 필요한 사회 안전망을 어떻게 만들어가야 할지 어른들의 관심을 촉구하고 있다. 그래서 저자는 아이들이 살아내고 있는 현장을 청소년에게, 어른들에게 어떻게 해야 잘 전달할 수 있을까, 고민하면서 이 이야기를 엮었다. 조금 더 따뜻한 세상을 아이들에게 선물하고 싶어서다. 그 일을 모든 어른과 청소년이 다 함께 하자고 호소하고 있다.

장애인들과의 만남을 통해 느껴보는

그대를 전염시킬 가슴 따뜻한 희망 이야기!

이 책 속에는 장애인의 아픔과 살아야 할 이유가 담겨 있으며, 사회복지인들의 애환과 장한 모습도 담겨 있다. 함께 사랑하고 함께 살아가야 할 길이 어둡고 미로처럼 얽혀 버린 현실 속에 정확한 네비게이션을 만난 환희도 느낄 수 있다.
포근함과 평안함, 사람을 존중하고 하나님을 경외해야 할 이유도 이 책 속에서 찾아볼 수 있다. 정이 사라져 버린 현세 사람들에게 이 책이 살맛을 제공해 주는 조미료가 되었으면 하고, 장애인들이 살아가고 있는 곳, 장애인들을 위해 일하는 사회복지인들에게 꼭 필요한 바이블이 되었으면 하는 간절한 바램을 갖고 가슴 벅차게 이 책을 추천하고 싶다.

—김양원 (목사, 신망애복지재단 대표이사)

고희석의 『절대 희망』을 많은 사람이 읽었으면 좋겠다. 헤아릴 수 없이 쏟아져 나오는 책들 속에 그냥 묻혀 버린다는 것은 참 억울하고 아쉬운 일이라는 생각이 든다. 추천을 하는 사람의 속보이는 말이 아니라 첫 독자의 객관적인 독후감이다. 왜 권하는지는 읽어 내려가다 보면 자연스레 발견하겠지만, 우리가 미처 알아채지 못했던 다른 세상이 있다는 것, 이런 사람도 있다는 것을 알면서 분명 감동의 잔물결이 일지 않을 수 없을 것이다. 더하여 멀쩡한 우리의 나태와 편협함을 반성해 보는 계기가 되기도 할 것이다.

—조향순 (시인)

ISBN 978-89-5749-236-9 | 값 16,000원